KB113746

요한 시집

아시아에서는 《바이링궐 에디션 한국 대표 소설》을 기획하여 한국의 우수한 문학을 주제별로 엄선해 국내외 독자들에게 소개합니다. 이 기획은 국내외 우수한 번역가들이 참여하여 원작의 품격을 최대한 살렸습니다. 문학을 통해 아시아의 정체성과 가치를 살피는 데 주력해 온 아시아는 한국인의 삶을 넓고 깊게 이해하는 데 이 기획이 기여하기를 기대합니다.

Asia Publishers presents some of the very best modern Korean literature to readers worldwide through its new Korean literature series 〈Bilingual Edition Modern Korean Literature〉. We are proud and happy to offer it in the most authoritative translation by renowned translators of Korean literature. We hope that this series helps to build solid bridges between citizens of the world and Koreans through a rich in-depth understanding of Korea.

바이링궐 에디션 한국 대표 소설 **108**

Bi-lingual Edition Modern Korean Literature 108

The Poetry of John

장용학
요한 시집

Chang Yong-hak

ASIA
PUBLISHERS

Contents

요한 시집

The Poetry of John

한 옛날 깊고 깊은 산속에 굴이 하나 있었습니다. 토끼 한 마리 살고 있는 그것은 일곱 가지 색으로 꾸며진 꽃 같은 집이었습니다. 토끼는 그 벽이 흰 대리석이라는 것을 모르고 살았습니다. 나갈 구멍이라고 없이 얼마나 깊은지도 모르게 땅속 깊이에 쿡 박혀든 그 속으로 바위들이 어떻게 그리 묘하게 엇갈렸는지 용히 한 줄로 틈이 뚫어져 거기로 흘러든 가느다란 햇살이 마치 '프리즘'을 통과한 것처럼 방 안에다 찬란한 '스펙트럼'의 여울을 쳐놓았던 것입니다. 도무지 불행이라는 것을 모르고 자랐습니다. 일곱 가지 고운 무지개 색밖에 거기에는 없었으니까요.

Deep, deep in the mountains of a distant past there was a cave. The home of a lone rabbit, it was flower-like in its beauty, a flower decked out in the seven colors of the rainbow. The walls were of white marble, but the rabbit had no knowledge of marble. There was no way out of the cave, and it was impossible to know how deep it was. But somewhere rooted deep in the earth the rocks were in some wondrous fashion so joined together that there was one, single, amazing aperture, which pierced right through to the cavern within, and through this aperture slender sunbeams, as if reflected through a prism, streamed through the en-

그러던 그가 그 일곱 가지 고운 빛이 실은 천장 가까이에 있는 창문 같은 데로 흘러든 것이라는 것을 겨우 깨닫기는 자기도 모르게 어딘지 몸이 간지러워지는 것 같으면서 그저 까닭 모르게 무엇이 그립고 아쉬워만 지는 시절에 들어서였습니다. 말하자면 이 깊은 땅속에도 사춘기(思春期)는 찾아온 것이었고, 밖으로 향했던 그의 마음이 내면으로 돌이켜진 것입니다. 그는 생각하였습니다.

'이렇게 고운 빛을 흘러들게 하는 저 바깥 세계는 얼마나 아름다운 곳일까······.'

이를테면 그것은 하나의 개안(開眼)이라고 할까. 혁명(革命)이었습니다. 이때까지 그렇게 탐스럽고 아름답게 보이던 그 돌집이 그로부터 갑자기 보잘것없는 것으로 비치기 시작했던 것입니다. '에덴' 동산에는 올빼미가 울기 시작한 것입니다.

그러나 아무리 찾아보아도 바깥 세계로 나갈 구멍은 역시 없었습니다. 두드려도 보고 울면서 몸으로 떠밀어도 보았으나 끄떡도 하지 않는 돌바위였습니다. 차디찬 감옥(監獄)의 벽이었습니다. 갇혀 있는 자기의 위치를 깨달아야 했을 뿐이었습니다.

tire room with all the brilliance of the spectrum. The rabbit grew up without knowing what is called unhappiness, for there was nothing there but the seven beautiful colors of the rainbow.

Then there came a time when the rabbit sensed that these seven beautiful colors must be streaming through a window of some sort, certainly close to heaven, and with this realization there came a vague, indefinable, tingling uneasiness, an unreasoning sense of something lost, something longed for. The fact was, that even here deep in the earth, adolescence had sought him out, and a mind that had focused on things outside itself now turned in on its own inner self. He began to think.

"How lovely must be that outside world which sends such beautiful rays streaming in..."

It was an eye-opening experience. A revolution. The stone house which hitherto had always seemed so attractive, so beautiful, now appeared in a different light—trifling insignificance. Owls had begun to hoot in the Garden of Eden. But no matter how he looked he could not find an exit to the outside world. He tried tapping the walls; but they remained stone, solid. They were the cold walls of a prison. They only served to intensify the sense of

어떻게 해서 이런 곳에서 살게 되었던가?

모릅니다. 그런 까다로운 문제는 생각해 본 적도 없었습니다. 아무리 기억을 더듬어 생각해 보아도 일곱 가지 색밖에 떠오르는 것이 없었습니다. 일곱 가지 색으로 엉클어지는 기억 저쪽에 무엇이 무한(無限)한 무슨 느낌을 주는 무슨 세계가 있었던 것 같기도 하지만 그 것은 지금 눈망울에 그리고 있는 바깥 세계를 두고 그렇게 느껴지게 된 것인지도 모릅니다.

'나면서부터 이곳에서 산 것이 아닌 것만 사실이다.'

그는 결국 이렇게 결론을 내리지 않을 수 없었습니다. 그래야 바깥 세계가 있다는 것이 확실해지는 것이기도 하였습니다.

'나는 바깥 세계에서 들어온 것만 사실이다. 저 빛이 저렇게 흘러드는 것처럼……'

이렇게 그날도 한숨 섞인 새김질을 되풀이하던 그의 귀가 무슨 결에, 쭈뼛 놀란 것처럼 곧추선 것이었습니다. 그것은 생일날의 일입니다. 생일날도 반가운 것이 없어, 멍하니 이제는 나갈 구멍 찾는 생각도 말고 그저 창을 쳐다보고 있던 그였습니다. 그렇게 축 늘어졌던 그의 기다란 귀는 한 번 놀라 쭉, 곧추서선 도로 내려올

his own fate, trapped as he was within them.

How had he come to live in a place like this?

He did not know. Furthermore, he had never thought about a problem as complex as this before. No matter how he racked his memory nothing came to mind beyond the seven colors. He had the feeling of an infinite something, another world, tangled up in the memory of these seven colors, but for all he knew, this was coming from the picture of an outside world which he himself was painting in his mind's eye.

"The only thing I'm sure of is that I didn't live here from the moment I was born."

This was the only conclusion he could come to. The more he thought about it the more certain he seemed to become of the existence of an outside world.

"I came in here from an outside world. That much is certain. Just like that light streaming in..."

On this day too, the rabbit was sighing to himself and going over everything again and again in his mind. Suddenly, for no apparent reason his ears stood bolt upright, as if in alarm. It was his birthday. He was sitting there without any of the joy of a birthday, looking vacantly at the window, not even

13

줄 몰라 했습니다.

떨리는 가슴을 누르면서 조심스럽게 그는 일어섭니다. 발소리를 훔치면서 창 아래로 다가섰습니다. 발돋움을 하면서 그리로 손을 가져가 봅니다.

닿는 것은 아무것도 없었습니다. 쑥 내밀어 봅니다. 그래도 닿는 것은 아무것도 없었습니다. 그의 가슴은 방 안이 떠나갈 듯한 고동이었습니다.

그러면서 이상했던 것 같은 생각이 들어 손을 다시 그 창으로 가져가면서 뒤를 돌아보았습니다. 그만 소리도 못 지르고 소스라쳤습니다. 방 안이 새까매졌던 것입니다. 기겁을 먹고 옆으로 물러서면서 그 자리에 쓰러지고 말았습니다.

몇 날 몇 밤, 그는 그렇게 자리에서 일어나지 못했습니다. 그것은 그렇게 심한 열이었습니다. 생일날 그의 머리에 떠오른 생각은 그렇게 무서운 것이었습니다. 그는 그 창으로 나갈 수 없을까 하는 생각을 해보았던 것입니다. 이 얼마나 기상천외(奇想天外)의 착안(着眼)을 끝내 해낸 것입니까.

거기로 흘러드는 빛이 없이는 이 무지개 색의 집도, 저 바깥 세계가 있다는 것도 생각할 수 없는, 어떻게 보

thinking about a way out any more. As he was sitting there his long ears suddenly stood bolt upright and stayed that way, as if they could not go back down.

He stood up carefully, trying to control his pounding heart. With muffled steps he stole over beneath the window. Standing on the tips of his toes he reached out a hand.

Nothing touched. He tried reaching out full length. Still nothing touched. His heart pounded like it would knock the whole room down.

Then he had a feeling of something strange. He reached out his hand again towards the window and at the same time looked behind. A soundless cry came from his throat. The room had become black as night. He gave a startled cry, turned away and collapsed helplessly on the floor.

Days and nights went by and still he could not rise from where he lay. Such the fever he ran, such the burden of the idea that had come before his mind on his birthday. Might he not be able to get out through the window, was the idea which had occurred to him. "What a fantastic thought, what a soul awakening conception he had formulated!"

Compare him with rabbits in the outside world.

면 암벽(岩壁)보다 더 철석 같아서 오히려 무(無)처럼 보이는 그 창구멍으로 기어 나갈 수 없을까 하는 생각을 마침내 해냈다는 것은, 저 지상에 살고 있는 토끼들이 공기를 마시지 않고는 한시도 살 수 없으면서 그 공기의 존재를 깨닫지 못하고 있는 것에 비하여 이 얼마나 놀라운 발견, 발견이라기보다 발명을 해낸 것입니까.

그러나 그것은 그에 못지않게 위험한 사상이었습니다. 손만 가져갔어도 세계는 새까맣게 꺼져버리지 않았습니까.

열은 물러갔습니다. 그는 창으로 기어 나가기 시작하였습니다.

가다가 넓어진 데도 있었지만 벌레처럼 뱃가죽으로 기면서 비비고 나가야 했습니다. 살은 터지고 흰 토끼는 빨갛게 피투성이였습니다. 그 모양을 멀리서 보면 마치 숨통을 꾸룩꾸룩 기어오르는 객혈(喀血) 같았을 것입니다.

뒤로 덮어드는 암흑에 쫓기는 셈이었습니다. 몇 번 도로 돌아가려고 했는지 모릅니다. 그러나 그런 생각이라는 것은, 이제는 되돌아가는 길이 앞으로 나아가는 길보다 더 멀어지고 그러면서 한 걸음 한 걸음 앞으로 나

They cannot live a single hour without air and yet they have no awareness of the existence of air. But he who would have no conception of his seven colored house or of the existence of an outside world were it not for the light streaming in, had finally discovered that it might be possible to crawl out through this window-like hole, which had always seemed like a rock wall. More than rock, solid iron. Not that either really, rather like nothingness itself. It was sensational. It was more than a discovery. It was a creative act.

But it was nonetheless a dangerous conception for him. Had he not blacked out the world into nothingness using only his hand?

The fever went. He started to crawl through the window. There were some wide places as he went along, but for the most part he had to crawl on his belly like a worm, grazing the rock face as he went. He was cut all over, and the once white rabbit became a crimson ball of blood. Seen from a distance it was like the drip, drip of blood from a lung hemorrhage. Darkness seemed to pursue him, pressing relentlessly behind. There is no knowing how often he considered turning back. But now the road back seemed longer than the road ahead, and at the

아갈수록 앞길 또한 멀어만 지는 것같이 느껴질 때입니다. 그는 지금 한 걸음이라도 앞선 거북은 '아킬레스'의 날랜 다리를 가지고도 끝끝내 앞지를 수 없다는 궤변(詭辯)의 세계에 빠져든 것입니다. 그것은 앞으로 나아가는 것이 아니라 자꾸만 빠져드는 길이었습니다. 얼마나 그렇게 기었는지 자기도 모릅니다. 그는 움직임을 멈추었습니다. 귀가 간지러워진 것입니다. 소리를 들은 것입니다. 새 우는 소리였습니다. 소리라는 것을 처음 들어본 것입니다. 밀려 오르는 환희와 함께 낡은 껍질이 벗겨져 나가는 몸 떨림을 느꼈습니다. 피곤과 절망에서 온 둔화(鈍化)는 뒤로 물러서고 새 피가 혈관을 흐르기 시작했습니다.

마음은 그렇게 뛰는데 그의 발은 앞으로 움직여지지 않아 합니다. 바깥 세계는 이때까지 생각한 것처럼 그저 좋기만 한 곳 같지 않아지게도 생각되는 것이었습니다. 훗날, 그때 도로 돌아갔더라면 얼마나 좋았을까 하고 얼마나 후회를 했는지 모릅니다마는, 그러나 그때 누가 있어 '도로 돌아가거라' 했다면 그는 본능적으로 '자유(自由) 아니면 죽음을!' 하는 감상적(感傷的) '포즈'를 해 보였을 것입니다.

same time the further he went forward the longer the road ahead seemed to become. He had now fallen into that world of contradiction where Achilles, no matter how fast he runs, cannot get a step ahead of the turtle. The road no longer led upward, but all the time was sinking, sinking down.

He did not even know himself how long he had been crawling. He stopped moving. His ears were tingling. He had heard a noise. It was the sound of a bird crying. It was the first time he had ever heard this thing 'sound.' He felt a trembling in his body like the overwhelming joy that used to come with the shedding of his old coat. The heavy-headedness from fatigue and despair disappeared and new blood began to flow in his veins.

But although his spirit raced ahead, his legs would not move forward. He began to wonder if the outside world, which up till now he had thought only good of, might not be so good after all. Afterwards, how many times he regretted that he had not turned back right there. But if someone had said, "go back" at this point, he would have instinctively adopted a sentimental pose of "freedom or death." He crawled the final stretch and at last reached the shaft entrance. All that was left was to reach his

마지막 코스를 기어 나갔습니다.

드디어 마지막 관문에 다다랐습니다.

이제 저 바위틈으로 얼굴을 내밀면 그 일곱 가지 색 속에 소리의 '리듬'이 춤추는 흥겨운 바깥 세계는 그에게 현란한 '파노라마'를 펼쳐 보이는 것입니다. 전율하는 생명의 고동에 온몸을 맡기면서 그는 가다듬었던 목을 바위틈 사이로 쑥 내밀며 최초의 일별을 바깥 세계로 던졌습니다. 그 순간이었습니다.

쿡! 십 년을 두고 벼르고 기다리고 있었다는 것처럼 홍두깨가 눈알을 찌르는 것 같은 충격이었습니다. 그만 그 자리에 쓰러졌습니다.

얼마 후, 정신을 돌린 그 토끼의 눈망울에는 이미 아무것도 비쳐 드는 것이 없었습니다. 소경이 되어버린 것입니다. 일곱 가지 색으로 살아온 그의 눈은 자연의 태양 광선을 감당해 낼 수가 없었던 것입니다.

그 토끼는 죽을 때까지 그 자리를 떠나지 않았다고 합니다. 고향에 돌아가는 길이 되는 그 문을 그러다가 영영 잃어버릴 것만 같아서였습니다. 고향에 돌아갈까 하는 생각을 거죽에 나타내 본 적이 한 번도 없으면서 말입니다.

head through the crack in the rock and the dazzling panorama of this multi-colored, joyful outside world, with the rhythm of sound dancing in it, would unfold before him. He gave his whole body to the quivering pulse of life. He braced himself and stretched his neck towards the crack in the rock to steal his first glance at the outside world. It happened in that moment. It was a thunderous blow, as if a fuller's stick had struck him between the eyes with all the vehemence of ten years waiting and planning. He collapsed on the spot.

When the rabbit later regained consciousness, the light had already gone from his eyes. He had become blind. His eyes, which had lived in a soft multi-colored light, could not cope with nature's sunlight.

They say the rabbit never left that spot till the day he died. The hole was the road back home and he was afraid that if once he left it he might never find it again. At the same time the idea that he might return home never once appeared in his conscious mind.

A mushroom grew on the spot where he died and his descendants for some reason called it the mushroom of freedom. Whenever there was any

그가 죽은 그 자리에 버섯이 하나 났는데 그의 후예(後裔)들은 무슨 까닭으로인지 그것을 '자유(自由)의 버섯'이라고 일컬었습니다. 조금 어려운 일이 생기면 그 버섯 앞에 가서 제사를 올렸습니다. 토끼뿐 아니라 나중에는 다람쥐라든지 노루, 여우 심지어는 곰, 호랑이 같은 것들도 덩달아 그 앞에 가서 절을 했다고 합니다. 효험이 있을 때도 있고 없을 때도 있고, 그러니 제사를 드리나 마나였지만, 하여간 그 버섯 앞에 가서 절을 한 번 꾸벅 하면 그것만으로 마음이 후련해지더라는 것입니다.

그 버섯이 없어지면 아주 이 세상이 꺼져버리기나 할 것 같이 생각하고 있는 것 같았습니다.

상(上)

해는 지붕 위에 있었다.

서산에 기울어버린 햇발이었지만 이렇게 지붕 위로 보니, 내려앉으려던 황혼은 뒤로 밀려가고 하늘이 도로

kind of problem they went before the mushroom and offered sacrifice. Not only rabbits, but squirrels, deer, foxes and eventually, they say, even bears and tigers, blindly following their lead, went before the mushroom and bowed ceremonially. There were times when it was effective, times when it was not. But whether they offered sacrifice or not, they say that making this ceremonial bow was a great consolation to the spirit.

They seemed to think that if ever the mushroom should disappear, this whole world would also fade into oblivion.

*

The sun hung low over the roof.

It had already sunk towards the mountain in the west, but seen from this angle right over the roof, it was almost as if the gathering dusk, just as it was about to set down on everything, had drawn back again, and the sky had begun to brighten once more. Time strikes one differently in different places. Which time is real time?

The time a clock shows and the time place reveals. The empty space that lies horizontally be-

밝아 오르는 것 같다. 곳에 따라 시간이 이렇게도 느껴지고 저렇게도 느껴진다. 어느 시간이 정말 시간인가?

시계(時計)가 가리키는 시간과 위치(位置)가 빚어내는 시간. 이 두 개의 시간 사이에 가로놓여 있는 빈터. 그것이 얼마나 한 출혈(出血)을 강요하든 우리는 이러한 빈터에서 놀 때 자유(自由)를 느낀다. 우리에게 두 개의 시간을 품게 한 이러한 빈터가 결국은 '나'를 두 개의 나로 쪼개버린 실마리였는지도 모른다.

공간 속을 시간이 흐르고 있는 것인지 시간의 흐름을 따라 공간이 분비(分泌)되어 나오는 것인지 알 수 없지만 지붕 위에 앉게 된 해를 보고 있노라면 시간은 공간에 갇혀 있는 것 같다. 이 관계 위에 현재의 질서는 자리 잡은 것 같다.

이 공간에 갇혀 있는 시간이 가령 그 벽을 뚫고 저쪽으로 뛰어 나가게 되면 세상은 어떻게 될 것인가?

우리가 무엇을 본다는 것은 시선(視線)이 그리로 가서 보는 것이 아니라 그 물체에서 반사된 광파(光波)가 망막에 비쳐드는 것에 지나지 않는 것일진대, 마치 음속(音速)보다 빠른 비행기를 타면 아까 사라진 소리를 쫓아가서 다시 들을 수도 있는 것처럼 빛보다 더 빠른 비

tween these two times. Yet playing in this empty space gives us a sense of freedom—no matter what the cost. And in the last analysis—for all I know—this empty space which gives us two times may be the key to why I'm divided into two me's. Does time flow through space, or does space seep out from the flow of time? It's impossible to know. However, looking at the sun seated on the roof gives an impression of time locked in space; and order in the here and now seems to depend on this relationship.

Suppose this space-locked-time should penetrate its wall and race away to freedom. What would happen to the world?

When we see something, it's not that our eyes go over to the object and look at it, it's simply a question of rays reflected from the object registering on the retina. In the same way, if you get on a plane faster than sound, chase after the sound of a moment before and can hear it again, why can't you get on a plane faster than light, travel all over the world and perhaps see into the past? The plane flies higher and higher. Time in the world is seen flowing in reverse. Events flow into the past.

In such a world cooked rice becomes grain. The

행기를 타고 날아오르면서 지상(地上)을 돌아다보면 우리는 거기에 과거를 볼 수 있을 것이 아닌가. 비행기는 자꾸 날아오른다. 지상에서 시간이 거꾸로 흐르는 것이 보인다. 과거 쪽으로 흘러가는 사건의 흐름이 보인다.

거기서는 밥이 쌀이 된다. 입에서 나온 밥이 숟가락에서 그릇으로 내려앉고, 그릇에서 솥으로, 그 솥이 끓어올랐다가 아주 식어진 다음 뚜껑을 열어보면 물속에 가라앉은 쌀이다. 뚝배기에 옮겨져 헤엄치고 나오면 거기 붙어서 가게에 있는 쌀처럼 된다. 싸전에서 정미소로 가서 껍질을 붙이고 밭으로 간다. 여럿이 모여서 벼 이삭에 달린다. 이렇게 해서 몇 달이 지나면 그들은 땅속 한 알의 씨가 된다…….

이렇게 보면 거기에도 하나의 생성(生成)은 있는 것이다. 하나의 세계가 이루어지는 것이고, 역사가 생겨진다.

'어느 생성이 여물어가는 열매인가? 쌀이 밥이 되는 변화와 밥이 쌀이 되는 변화와…….

어느 세계가 생산의 땅인가? 밤이 낮이 되는 박명(薄明)과 낮이 밤이 되는 박명과…….

어느 역사가 창조의 길이고, 어느 역사가 멸망의 길인

rice goes from one's lips to the spoon, to the bowl, and from the bowl to the cooking pot. And when the boiling pot has fully cooled, lift the lid and you find just ordinary rice in water. The grains are transferred to an earthenware bowl, shaken around there, and soon they are complete with hulls again, just like rice in a store. From the dealers it goes to rice mill where the chaff is attached once more. Then to the paddy field where a whole lot of grains are gathered into a sheaf. In this way it only takes a few months for the grains to become individual seeds buried in the ground.

Looked at in this way, there is a sort of creative process here, too. A world being formed, history in the making.

Which creative process leads to true maturity? Grains of rice changing to cooked rice or cooked rice becoming grain...?

Which world is truly productive? The half light world when night breaks into day or the half light world when dusk fades into night.

Which history is the way of creation, which the way of destruction? What constitutes creation, what constitutes destruction? Which time stream is to the past, which to the future...?

가?

어떻게 되는 것이 창조이고, 어떻게 되는 것이 멸망인가?

어느 쪽으로 흐르는 시간이 과거이고, 어느 쪽으로 흐르는 시간이 미래인가……'

망상에 사로잡혔던 내 몸이 갑자기 경련을 일으킨다. 쳐다보니 동체가 두 개인 수송기가 초여름의 저녁 하늘을 남쪽으로 날아가고 있었다. 엉겁결에 그늘을 찾으려고 했던 나는 그러나 경련이 그다지 심하지 않았던 것을 깨달았다. 가슴이 좀 울렁울렁해졌을 뿐이었다. 폭격에 놀랐던 가슴도 그동안 거의 그 건강을 회복한 것 같다.

하꼬방[1] 앞으로 가까이 갔다. 섬에서 돌아오면서부터 며칠 걸려 겨우 찾아낸 집이었지만 나는 아까부터 주인을 찾는 것이 무서워졌었다. 귀찮았다. 발을 들어 조금 떠밀어도 말없이 쓰러질 것 같은 이따위 집에도 주인이 있어야 하는가 하는 것이다. 그러나 이런 집일수록 주인이 있어야 하기도 했다. 주인마저 없다면 벌써 언제 무너져 내렸을 것이다.

그런데 산기슭에 자리 잡고 있는 저 성곽 같은 큰 집

Suddenly I started out of the reverie in which I had been buried. Looking up, I saw a large transport plane flying south in the evening sky of this early summer day. Though I instinctively looked for cover, I realized that what had made me start was not so serious after all. My heart had begun to pound a little, that's all. The heart that used to race in terror at the shock of falling bombs, in the interval, had almost returned to health and normality.

I went over near the shack. It had taken several days after returning from the island to find it. Now, having found the shack, I found myself afraid to look for the owner. It was all so annoying. Why did a house, which would collapse without a sound at the push of a foot, have to have an owner at all? That's what was bothering me. But again I thought, the worse the state of the house the more reason it should have an owner. If there weren't an owner this house would probably have collapsed long ago.

But it was hard to understand why that big castle-like house over there at the foot of the hill should also have only one owner. We all seem to be playing our own little game of hide-and-seek.

On the way here I saw an old man seated in his

에도 주인은 한 사람이라는 것은 좀 이해하기 곤란하다. 우리는 무슨 숨바꼭질하고 있는 셈이다.

여기에 올라오는 길에, 한 노인이 문간에 앉아 쌀, 보리, 콩 같은 것이 뒤섞인 것을 한 알 한 알 골라내고 있었다. 그 황혼 오 분 전의 작업을 캔버스에 옮겨놓는다면 그 제명(題名)은 '백발(白髮)이 원색(原色)을 골라내다'라고 하면 좋겠다. 지금 '르네상스'의 후예들은 자기들이 칠하고 칠한 근대화(近代畵)의 도료(塗料)를 긁어 벗기는 데에 여념이 없다. 원색을 골라내는 연금술(鍊金術)에 몰두하고 있는 것이다. 그러나 '지리상(地理上)의 발견' 시대는 이미 지나간 지 오래지 않은가.

저 아래 거리에서 '내일 아침 신문'을 팔지 못해 하는 어린 소리가 들려온다. 그래서 이 낭비의 20세기를 까마귀는 저 마른 나뭇가지 위에서 저렇게 황혼을 울고 있나 보다.

까악 까악.

나는 하꼬방을 두고 여남은 걸음 그리로 올라갔다. 돌을 주워 들었다. 까악, 까마귀는 그다지 대단해하지 않아 하면서도, 푸드덕 하늘로 날아오른다. 손에 들었던 돌을 버리려고 하다 말고 까마귀가 앉아 있었던 가지를

doorway separating a mixture of rice, barley and beans—grain by grain. If one were to put this scene down on canvas, this last five minutes before dusk, the title "White Haired Man Selecting Primary Colors" would be good. Now the descendants of the Renaissance are completely engrossed in scratching the paint off their own modern paintings. They are absorbed in the alchemy of finding primary colors. But the age of geographical discovery has long since passed, hasn't it?

The cries of young voices still trying to sell tomorrow's papers today come from the street below. That seems to be the reason why the crow, perched on that dried up branch over there in the gathering dusk, so laments this wasteful twentieth century.

Caw, caw.

I left the shack for the moment and took five or six steps up towards the crow. I lifted a stone. Caw. The crow, while not seeming to regard the whole thing as too critical, at the same time flew off into the sky. I hesitated for a moment whether or not to get rid of the stone m my hand, and then I threw it with all my strength at the branch where the crow had been sitting. The crow was now flying over the

향하여 힘껏 던졌다. 그래서 까마귀가 산 너머로 날아가버린 그 고목 아래에 가서 내가 앉아보았다.

수평선은 늘 그 저쪽이 그리워지는 무(無)를 반주하고 있었다.

그 저쪽에 뭐가 있다는 말인가. 여기와 같은 언덕이 질펀하게 경사를 이루고 있을 뿐이 아니겠는가. 거기서는 또 누가 이리를 그리워하고 있을 것이 아닌가. 같은 하늘 아래에서 이 무슨 시늉인가…….

그런 숨바꼭질하기에는 해가 다 저물었다. 수평선을 들어서 옆으로 치우고 탁, 트이게 해야 한다. 그렇지 않으면 아주 담을 쌓아서 막아버려야 한다. 결국 따지고 보면 질펀한 것만이 태연해질 수 있는 오늘 저녁이 아닌가. 내일 아침이 올지 말지 하더라도 끝난 오늘은 끝난 오늘로서 아주 결딴을 내버려야 한다. 우선 성실(誠實)하게 살아야 한다.

무엇보다도 성실하게 살아야 한다. 진리를 찾는다고 하여 애매한 '제스처'를 부려서는 안 된다. 차라리 그 진리를 버려야 한다. 그런 제스처 때문에 이 공기가 얼마나 흐려졌는지, 그것을 정확하게 측량해 낸다면 우리는 살아 있는 것이 시시해질 것이다.

hill. I went over and sat down under the old tree it had abandoned.

The horizon is the musical accompaniment for man's constant hankering after the nothingness of the other side. What is it that we think is over there? Is it not just another slope like this, wide and flat? There's probably someone else over there longing to know what it's like here. What pretense! And beneath the same sky!

The sun went down while I was at this kind of hide-and-seek. We must clear away the horizon to one side and break open a passage. That or build a high wall and block off all thought of the other side. In the last analysis it is only on this level ground, here, and this evening, now, that we can gain self-composure. Independently of whether or not there will be a tomorrow, today, today as a complete unit requires that we reach a final conclusion. First, we must live sincerely.

Above all else we must live sincerely. Having said we are searching for truth, it's not good enough to let it go as a vague gesture. Better to forsake truth. If we were to measure exactly the degree of pollution of the air brought about by such gestures, our whole lives would be reduced to meaninglessness.

나는 여기 이 나무 아래를 그리워해야 할 것이다. 아까 저 산기슭에서 이리를 쳐다보았을 때, 하꼬방 뒤가 되는 이 한 손을 외롭게 하늘로 쳐들고 서 있는 고목이 얼마나 눈물겹게 느껴졌던 것인가. 그런데 지금은 벌써 수평선 저쪽을 그리워하고 있다. 나는 매소부[2]가 아니다. 필요하다면 산기슭에 도로 내려가서 다시 여기를 눈물겨워 쳐다보아도 좋다. 부슬비 내리는 밤, 부엉새가 우는 소리를 듣는 것 같은 감회에 다시 사로잡히는 것이 나의 의리(義理)여서도 좋다.

지금도 부엉새는 울고 있을 것이다. 고향, K성(城), 동북 모퉁이가 되는 성루에서 멀리 바라보이는 산기슭에 외딴 초가집 한 채가 있었다. 그리 크지 않은 성이라 들놀이 고기잡이 전쟁놀음, 이런 것으로 어린 시절 십여 년을 뛰어놀던 모퉁이마다 이런 추억 저런 추억, 추억은 꼬리를 물고 성벽에서 성벽으로 이어져, 눈을 감으면 고향 산천이 한눈에 떠올랐건만, 봄이면 뻐꾹새도 그리로 울어대는 그 초가집 일대는 한 번 떠오른 적이 없었다. 그것이 아까 저 산기슭에서 이리를 쳐다보았을 때 망각의 안개를 헤치고 되살아 올랐던 것이다. 이를테면 여기는 하나의 귀향(歸鄕)이었다.

I'm going to have to make myself feel a longing for the spot beneath this tree. A little while ago when I was gazing up here from the bottom of that hill over there, and when I saw this tree standing here at the back of the hut with lonely branches raised to the sky, how difficult I found it to control my tears. Yet now I have already begun to yearn for somewhere beyond the horizon. I'm not a prostitute. If necessary I could go right back down there to the foot of the hill and begin to gaze up here again through tear-filled eyes. If it's my duty to become wrapped m the impressions you get from listening to an owl hooting in soft night showers, that's all right too.

Indeed the owl is probably hooting right now. In my hometown K, there was a watchtower in the northeastern corner, and from it you could see far away to the foot of a hill where stood a lone thatched house. It wasn't a very big town, but I had spent ten carefree childhood years in this corner of it, years of picnics, fishing, playing soldier. Memories flitting through my mind in rapid succession. One leading to the next. Memory to memory. Every corner of the old wall. And if I closed my eyes I had the whole landscape vividly in my mind's eye. But nev-

"동호야……."

나는 내 이름을 불러보았다.

그러나 그 근처에 대답해 주는 소리는 있지 않았다.

석양이 어린 경사를 적막이 흘러내리고 있을 뿐이었다.

마음이 불안스러워졌다. 이 자리를 떠나고만 싶다. 곁

눈으로 내 옆에 누워 있는 그림자를 더듬어보았다. 무

뚝뚝한 것이 내 그림자 같지 않았다. 다른 누가 여기에

앉아 있어, 그의 그림자가 거기에 그렇게 비쳐 있는 것

만 같다.

"동호!"

나는 그 소리에 깜짝 놀랐다. 내 소리 같지 않았고, 농

담인 줄 알았는데 그 소리는 비감이 서린 비명이었다.

그래서 얼결에 기겁을 먹고 '누구야' 하려고 했다. 그런

데 내 입술은 불쑥 떠오른 침입자(侵入者) 때문에 그만

켕겼다.

할아버지의 산소가 거기에 있었던가……?

갑자기 믿기 어려웠으나, 저 하꼬방에서 이만큼 떨어

진 곳이었다. 할아버지의 산소가 그 초가집에서 바로

이만큼 떨어진 곳에 서 있는 소나무의 두툴한 그늘 아

래에 자리 잡고 있다는 것은 사실이었다! 그럼 그동안

er once can I remember recalling the scene around the thatched house where the cuckoo used to call. It was only when I was gazing up here from the bottom of the hill that the memory of this scene had pierced the fogs of forgetfulness and returned to life. In other words this place was a home to me.

"Tong-ho!" I called out my own name. But there was no answering call from anywhere in the vicinity. Only a calm that flowed across the gentle slope bathed in the rays of the setting sun. I was uneasy. I just wanted to leave this place. Out of the corner of my eye I searched the shadow stretched beside me. It was aloof—not at all like my shadow. It seemed as if there was someone else sitting there, someone else's shadow that was cast there.

"Tong-ho!" I started at the call. It wasn't like my voice, and though it was meant in fun it was really a tortured scream. Startled, I was just about to call out, "Who is it?" when my lips were sealed fast by another intruder in my memory.

Was it there that grandfather's grave was? Suddenly it seemed hard to believe, but the distance from the hut to where I was standing was just about the same as the distance from the thatched house to the pine tree beneath whose jagged

나는 어디에 가 있었던가? 그동안 할아버지의 산소는 어디에 있는 것으로 해두고 있었던가? 그 산소 뒤에 피어 있는 진달래를 꺾다가 아버지에게 꾸지람을 들었던 일은 기억에 남아 있었으면서도 그 산소가 거기에 있다는 것은 까맣게 잊고 있었다. 잊고 있다는 것도 모르고 있었다. 그렇지 않았다면 그렇게 놀랐을까…….

머릿속이 얼떨떨해진다. 이러한 '행방불명(行方不明)'이, 아직 돌아오지 않은 이러한 '행방불명'이 얼마나 많을 것인가……. 그것을 모두 한데 모아놓으면 욱실욱실할 것이다. 그것은 여기에 앉아 있는 동호보다 더 큰 무더기가 될 것이다.

나는 나의 일부분을 살고 있는 셈이 된다. 나는 나의 일부분에 지나지 않는다. 그림자에 지나지 않는다.

그래도 동호는 나인가? 나는 나인가? 아까 동호를 불렀는데도 내가 끝내 대답하지 못한 것은 이 때문이 아니었을까.

후―, 긴 숨을 내쉬려던 나는 또 난데없이 휩쓸려드는 생각에 그만 숨이 꺾였다. 그 초가집이 우리 집……?

그러나 그것만은 아니었다. 사과나무는 서문 밖에 어엿이 서 있었다. 돗자리를 펴놓은 그 그늘 아래에 한쪽

shade grandfather's grave was situated. This was fact.

Well then, where was it that I had been in the meantime?

In the meantime where had I been locating grandfather's grave? I still have a memory of getting a scolding from my father for picking the azaleas which used to blossom behind the grave, and yet I had completely forgotten the fact that the grave was there. In fact I didn't even know that I had forgotten. If this wasn't so, would I have got so excited a moment ago?

My mind is becoming all confused. Look at all the things that could be classed as "the lost," the lost which still haven't returned. Gathered together they would constitute a seething mass. A pile bigger than this Tong-ho sitting here.

It means I'm only living a part of myself. I am no more than a part of me. No more than a shadow.

Still, can I say Tong-ho is me? Am I me? Was this the reason why I just wasn't able to answer when I called out "Tong-ho" a while ago?

A heavy sigh rose to my lips and was cut off there, as I was abruptly swept away by another thought. That thatched house—our house?

다리를 쭉 뻗고 앉아 늘 배만 쓰다듬던 할아버지가 일생을 마친 우리 집은 그 굴뚝이 서문 밖에 서 있는 그 사과나무 바로 옆에 있었던 것이다.

하느님일지라도 그 사과나무를 이제 와서 산기슭인 그 초가집 굴뚝 옆에 옮겨다 놓을 수는 없는 것이다.

그렇다. 하느님도 옮겨다 놓을 수 없다. 옮겨다 놓지 않는다. 그것은 나도 믿는다.

그러나 언제 무슨 결에 거기에 가 턱, 서 있는 것으로 되어 버리면 어쩌겠는가…… 누구를 붙잡고 울면 좋다는 말인가?

아, 그때는 내 눈썹이 내 볼때기에 가서 붙어 있을 수도 있는 것이 아닌가!

내 눈썹이 내 볼때기에, 내 발가락이 내 무르팍에 가서 더덕 붙어 있게 하기 위해서라도 사과나무는 그 초가집 굴뚝 옆에 가서 턱, 서 있게 될지도 모르는 노릇이다. 이 세계가 그렇게는 곱지 않았다고 누가 단언할 수 있겠는가…….

내 손은 나도 모르게 돌멩이를 움켜쥐고 있었다. 몸이 추워진다. 볼을 만져보는 것이 두렵다. 무르팍을 만져보는 것이 무섭다.

But that wasn't all. There was a stately apple tree that used to stand by the west gate. The chimney of our house was right beside this apple tree beneath whose shade grandfather spent his life, seated on a straw mat with one leg stretched out in front of him as he rubbed his belly.

But at this stage not even God himself could move the apple tree to a position beside the chimney of that thatched house at the foot of the hill. That's right. Not even God could move it there. He doesn't move things like that. Even I believe this.

But what if some fine day, for some confused reason, it does come to be standing there? Whose shoulder would I want to weep on then? If that can happen, then maybe my eyebrows can drop to my cheeks and stick there.

Maybe, for all I know, the apple tree will come to stand next to the chimney of that thatched house, if for no other reason than to forcibly stick my eyebrows on my cheeks and my toes in a bunch on my knees. Who can claim that this world isn't really festering...?

Without my even knowing it my fingers closed over a stone. I feel myself getting cold. I'm afraid to touch my cheeks. Afraid also to touch my knees.

설마라구? 그렇기는 하다. 그러나 그렇게 되어버리면 그렇게 되어버리는 것이다! 한 번 그렇게 되어버리면 그만이다. 이런 것을 사실이라고 한다. 진실은 사실을 가지고 고칠 수 있지만, 사실은 천재의 진실을 가지고도 하나 고치지 못하는 것이 현재 우리가 살고 있는 이 세계였다. 세계는 그렇게 바윗돌 같으면서 달걀처럼 취약하다.

나는 거의 돌 쥔 손에 힘을 주었다. 그저는 아무리 꽉 쥐어도 달걀은 그렇게 보여도 깨어지지 않는 것이라고 누가 하였는가. 깨어지면 어쩔 터인가? 그때는 눈썹이 볼때기에, 발가락이 귀밑에 가서 더덕 붙을 수도 있다는 것을 시인한다는 말인가…….

있는 모든 힘을 손가락 끝에 집중시켰다.

이래도 안 깨어지나…… 이래도…… 이래도…….

이마에 땀이 배었다. 손을 놓았다. 달걀은 깨어지지 않았다.

그러나 깨어지지 않는 것은 내가 깨어지는 것을 사실은 두려워하고 있기 때문인지도 모른다. 그것이 깨어지는 날에는 내가 서 있는 이 세계가 깨어져 버리는 것이다. 그래서 야합(野合)한 것이다. 두려워하는 내 마음을

For heaven's sake, you say. Maybe so. But if it hap-pens, then it happens. If it happens once, that's it. This is for fact. Truth can take a fact and correct it, but a fact, should it take a thousand truths, cannot correct any one of them—that's the world we live in. A world strong as a rock, yet fragile as an egg.

I clenched the stone tighter in my hand. Who was it that said that an egg won't break, despite its frag-ile look, no matter how you squeeze it. What would happen if it did break? Is that a recognition of the possibility of my eyebrows sticking to my cheeks and my toes attaching themselves below my ears?

I brought all my strength on to my clenched fin-gers. Will it not break now...? Now...? Now...? My forehead was saturated with sweat. I released my hand. The egg didn't break.

But, for all I know, the reason it didn't break was because I was actually afraid that it might break. The day it breaks, this world I'm standing in disin-tegrates. So I prostituted myself. Someone had al-ready betrayed my terrified heart. The idea that an egg cannot be broken by the pressure of a clenched fist is based on this kind of betrayal. There has never been anyone who used all his strength. One is conditioned not to use it all. Living in air and liv-

누가 벌써 내통해 주었던 것이다. 이러한 내통 위에, 달 걀은 그저 쥐기만으로는 깨어지지 않는다, 라는 '말'이 이루어질 수 있었던 것이다. 오늘날까지 아무도 있는 모든 힘을 내어본 사람은 없었기 때문이다. 못 내게 되어 있다. 공기 속에 살고 있다는 것은 '말' 속에 살고 있다는 것과 마찬가지이다. 처음에만 '말'이 있는 것이 아니라 처음부터 끝까지 있는 것은 '말뿐이었다. 인간(人間)은 그 입에 지나지 않았다. 입으로서의 운동(運動), 이것이 인간 행위(行爲)의 전체였다.

지금은 깨어지지 않았다. 그러나 다음 순간에 있어서도 깨어지지 않으리라고 누가 단정할 수 있을 것인가. 무엇을 가지고? 지금의 이 현재를 가지고……? 그러나 다음 순간은 현재가 아니다. 따지고 보면 의지할 것은 아무것도 없다. 그래서 나는 따라다녔을 뿐이다. 내가 나의 주인이 되어 나의 앞장을 내가 서서 나의 길을 걸어본 적이 있었던가? 없다! 한 번도 없었다. 늘 전봇대를 따라다녔고, 늘 기차 시간을 기다리고 있었다. 그러면서 나는 한 번도 기차에 타본 적이 없었다. 그러나 나는 그래도 기다렸고 그래도 따라다녔다. 왜? 길에는 전봇대가 있었고 정거장에는 대합실이 있었기 때문이다.

ing in word are the same thing. It's not only that the word existed from the beginning, but from beginning to end there has never been anything except the word. Man is merely the mouthpiece of the word. Lip movement, this is the whole of the human act.

It didn't break just now. But can anyone guarantee that it won't break in the next second? On what basis? The present moment? But the next second is not the present.

When you analyze it, there is nothing on which one can depend. So, I've always just followed others. Have I ever been my own master, taken the initiative myself and followed my own road? Never. Not as much as once. I've always followed the electric poles, always been waiting for train time. At the same time I've never once got on the train. But still I waited, still I followed. Why? Because there were electric poles on the road and there was a waiting room in the station.

If you think about it, it's pathetic, it's ridiculous. How can we still say that living is better, that dying is bad?

If you think about it there is no end to it. It's just a continuation of putting things off, following others,

생각하면 비참하고 시시하다. 어째서 살아 있는 것이 그래도 낫고, 죽는 것이 그래도 나쁜가?

생각하면 한이 없다. 그저 모든 것을 보류해 두면서 따라다니고 기다리고 하는 수밖에 없다. 생이란 모든 것을 보류하기로 한 약속 밑에 이어받은 것인지도 모른다. 그래서 이러다가 죽으면 모든 것을 보류해 둔 채로 죽는 것이 된다.

아직도 손에 쥐어져 있는 돌멩이를 거기에 버리고 하꼬방으로 내려갔다. 이제 보니 지붕까지 '레이션³⁾' 상자가 아닌 것이 없다. 집으로 변장한 레이션 상자 속에 누혜의 어머니는 살고 있었던 것이다.

내 눈망울에는 레이션 상자가 여기저기에 널려 있던 전쟁터의 광경이 떠오른다.

그것은 이 년 전 어느 일요일이었다.

발광한 이리떼처럼 '괴뢰군(傀儡軍)'은 일요일을 잘 지키는 '미군(美軍)'의 진지로 돌입하였다. 여기저기에 흩어져 있는 레이션 상자 속에는 먹다 남은 칠면조의 찌꺼기가 들어 있는 것도 있었다. 정치보위국 장교는 그것을 '일요일의 선물'이라고 하였다. 그들은 뭐든지 어떤 한 가지를 모든 것에 결부시켜서 종내는 그것을 말

46

waiting. That's all we can do. Maybe life itself is only given on condition that we agree to put everything off. If somewhere along the line we die, then we die with everything in a state of being still pending.

I dropped the stone that I still held in my fist and came down towards the shack. I saw now that the house was made entirely of ration boxes, even the roof. Among these ration boxes disguised as a house Nu-he's mother lived. A view of a battlefield littered everywhere with ration boxes came before my eyes.

It was a Sunday, two years ago. The People's Army, like a ravenous wolf pack, rushed the positions of an American unit which was faithfully keeping the Sunday. Here and there among the littered ration boxes there were still some unfinished turkey drumsticks. The officer of the Political Security Bureau called it "The Sunday Present." Their way was to group everything under one single idea, and then ultimately to strip this single unity of all meaning. "The Sunday Offensive," "Victory Sunday," "The Sunday Retreat," "Sunday Holiday." This was how words like "the people," "freedom," "Marxism" had become distorted. So, we the orphans of the Volunteer Army, a chicken leg gripped in one hand

살시켜 버리는 것이었었다.

'일요일의 공세' '승리의 일요일' '일요일의 후퇴'……
'일요일의 휴가.'

'인민(人民)'도 그랬고 '자유'도 그랬고 '마르크시즘'도 그렇게 해서 지워버리는 것이었다.

우리 의용군(義勇軍) 고아(孤兒)들은 한 손에 닭다리를, 한 손에 수류탄을 움켜쥐고 '50년 전의 자본주의'를 향하여 만세 공격을 되풀이하였다.

삼백 년 묵었으리라 싶은 돌배나무가 육중하게 서 있는 야트막한 능선을 막 뛰어내리려 한 순간이었다. 퍽! 벌써 시꺼먼 화염이 펑, 돌배나무를 뒤덮는 것과 함께 꽝! 천지가 육시를 당했다. 개미 수염만 한 내 숨은 그 폭풍에 눈썹 하나 움직이지 못하고 들이쉰 대로 메꾸어졌다. 오장이 훑어나가는 것 같은 내 몸은 언제 저 위에 폭격기가 시치미를 떼고 날고 있는 하늘에 있었다. 열매가 익기 시작한 돌배나무가 송두리째 땅에서 뜯겨 하늘로 포물선을 그리는 것을 망막에 느끼면서 나는 우거진 그 잎사귀 속으로 의식을 잃어버렸다.

얼마 후, 나는 여기저기 살이 찢어져 피를 줄줄 흘리면서 닭다리를 손에 꼭 쥔 채로 '일요일의 포로'가 된 동

and a hand grenade in the other, made repeated attacks on the capitalism of fifty years ago.

It happened as I was running down a shallow incline, where an old pear tree—it looked like it had been there for three hundred years—ponderously stood. Crash! Already black flames. Bang! Flames shrouding the pear tree. Crash again. Heaven and earth already dead but still being punished. My breath slender as an ant's whisker, drawn in, stopped. I couldn't move an eyebrow in the storm. My body, feeling like all its innards had been cut out, rising up into the sky, where bombers were flying around as if nothing had happened. Then with a picture of the tree—its fruit just ripening—torn root and branch from the earth, tracing a parabola through the sky, I lost consciousness in its luxuriant foliage.

Some time later, flesh torn, blood dripping here and there, a chicken leg still gripped tightly in my hand, I discovered this me, "Sunday's Prisoner"— Tong-ho.

When this Tong-ho saw the P.O.W. tag hanging on his chest beneath his chin, innumerable bitter tears fell dripping from his eyes. Tears of childhood, tears of a dribbling infant child complete with bib, drenched the tag.

호를 거기에서 발견했다.

가슴에 걸린 'P·W'라는 꼬리표를 턱 아래에 보았을 때 동호의 눈에서는 서러운 눈물이 수없이 흘러 떨어졌다. 턱받이, 침을 흘리던 어린 시절의 그리운 눈물이 그 꼬리표를 적셨다.

거기에 서 있는 것은 어린애였다. 턱받이를 한 어린애였다. 그가 거기에 서 있었다. 이방(異邦)의 어린애가 거기에 멍하니 서 있었다.

이 나와 저 나를 같은 나로 느낄 확고한 근거는 없었다. 나는 나를 나라고 서슴지 않고 부를 수가 없었다. 발도 손도, 기쁨도 슬픔도 나의 것 같지 않았다. 나의 몸에 붙어 있으니까 마지못해 나의 것으로 해두고 있는 것에 지나지 않는 것 같았다. 그래서 나의 집에서 나는 손님에 지나지 않았다. 나의 옷을 입었으면서도 나는 내가 아니었다. 누가 내 대신을 하고 있는 것이었다.

나는 결코 정신이 이상해졌던 것은 아니다. 강한 자극을 받으면, 더구나 부르릉 하는 비행기 소리 같은 것을 들었을 때에는 간이 뒤집어져서 아무 데에나 자빠져서 거품을 물었고, 때로는 몽둥이를 쳐들고 자동차에 달려든 적이 있었지만, 나는 오히려 그때의 그런 상태가 정

It was an infant child that stood there. A child wearing a bib. He was standing there. An alien child. An alien child was standing there, his eyes quite vacant. There was no firm basis for feeling that this "me" and that "me" were one and the same me. I hesitated to call myself me. Feet, hands, joy, sorrow, none of them seemed mine. They were things that just seemed to be attached to my body, and as such I seemed to be in the position of having to regard them as mine against my better judgment. I was a mere visitor in my own house. I was wearing my own clothes and yet I wasn't me. Someone was substituting for me.

I don't think I was at all insane. Whenever I got a severe shock, especially whenever I heard the roar of airplane engines in the sky, my insides seemed to be turned inside out and I would collapse, foaming at the mouth, wherever I might be. Sometimes I had even flown at my car with a stick raised in my hand. But even now I still think that was a normal enough condition. For this reason, reacting under abnormal shock as if it were nothing at all shows that one's nerves are to that extent paralyzed, one's mind to that extent diseased. Why should destroying a car, which can run down and kill a man, be

상적인 것이라고 지금도 생각한다. 보통 이상의 자극을 받았으면서도 아무렇지도 않아 하는 것은 그만큼 그 신경이 마비된 탓이고 마음이 병들었기 때문이다. 사람을 치어 죽이는 수도 있는 자동차를 쳐부수는 것이 왜 이상한 것이어야 하는가.

남이 당하는 고통도 내 신경을 에어내는 것이었다. 나무에서 벌레가 떨어지는 것을 보아도 내가 그렇게 떨어지는 것만 같아서 한참은 그 자리에 엎드려서 그 아픔을 참아야 했다. 가끔 내가 소리를 내어 웃는다든지, 소리 없이 운다든지 한 것도 다 정당한 원인이 있었던 것이다.

내가 누혜를 만난 것은 섬에 옮겨져서였다. 우리는 잠자리를 나란히 하고 있었다. 그는 나를 웃지 않는 유일한 벗이었다. 섬에 와서부터 내 신경은 도로 마비되어 조용해지기도 했다. 그 대신 모든 것이 미지근하게만 느껴진 것도 그 무렵부터였다. 거기에 비하여 누혜는 모든 현재에 만족하고 있는 것 같았다. 천막 내의 잔일은 도맡아 하는 그런 인물이었다. 그러나 아무도 그를 부리지 못했다. 오히려 그가 모두를 부리고 있는 것인지도 몰랐다. 그러면서 그가 때로 자기도 모르게 짓는

regarded as abnormal?

The suffering of others was another thing that cut through my nerves. If it was only seeing a bug falling from a tree, it seemed to me that I was falling myself, and I would collapse on the ground and suffer the pain for a moment. There were times when I laughed out loud, times when I cried silently—but always there was a reasonable explanation.

It was after being transferred to the island that I met Nu-he. We slept side by side. He was my friend—the only one who didn't laugh at me. From the time I came to the island my nerves began to calm down. However, that was precisely the time that I began to feel complete indifference for everything. In contrast to this, Nu-he seemed satisfied with everything in his present situation. He was the kind of man who would take charge of all the unpleasant work in the camp. But actually no one put him to work. It was more like him putting everyone else to work. At the same time, without his even being aware of it, there were times when he wore a countenance serious and disconsolate, and this always left me helpless—at a complete loss to know what to do. After he died, I used to sit quietly in the shade of a rock, all the time waiting for the

침통한 표정에 나는 어리둥절해지지 않을 수가 없었다. 그런 그가 죽은 뒤로는 나는 바위 그늘에 가만히 앉아서 배가 오기만을 기다렸다. 온다 온다 하던 배는 좀처럼 와주지 않았다. 봄이 가고 여름의 파도가 해안선을 물어뜯어도 배는 오지 않았다. 가을이 가고 겨울이 다시 가고, 푸른 입김이 젖어들던 땅에 녹음이 짙어가는 무렵 드디어 나는 배에 몸을 실었다.

파도를 헤치고 몸이 본토(本土)의 품으로 안겨들어도, 반가워지는 것이 없었다. 섬에 무엇을 두고 온 것만 같았다.

돌아보니 섬은 포수의 자루[囊]처럼 수평선에 던져져 있었다.

한 줌의 평화도 없이 비바람에 훑이고 씻긴 용암의 잔해. 한류와 난류가 부딪쳐서 뒹구는 현대사의 맷돌이었다. 그 바위처럼 누르는 돌 틈에 끼어, 찢어지고 으스러져 흘러 떨어지는 인간의 분말(粉末). 인류사의 오산(誤算)이 피에 묻혀 맴도는 '카오스'! 아— 그 바위틈에도 봄이 오면 푸른 싹은 움트던가.

'해안선'을 우는 갈매기의 구슬픈 소리…… 무슨 요람이 저 섬이었던가?

boat to come. "It's coming, it's coming," the boat that was always coming didn't materialize so easily. Even after spring had gone and summer waves were licking the shoreline, that boat still hadn't come. Autumn went and another winter, and then, when the thaw was finished and the land was about to be drenched in new green, I finally got myself on the boat.

But there was no pulse of gladness in me, not even when the boat cut through the waves and the mainland took me to her breast. It just seemed like I had left something behind on the island.

Looking back, I saw the island as a hunter's bag thrown on the horizon.

A lava carcass battered and washed by wind and rain, without as much as a handful of peace in it. It was a grindstone of modern history where the clash of hot and cold currents churned the sea. Human beings caught in the crush of a rock crevice, torn to pieces, pulverized; running, falling human powder. The miscalculation of human history, a whirling chaos stained in blood. Ah—when spring comes will green shoots sprout in that rock crevice too!

The plaintive cries of seagulls lamenting the

무엇이 가까이 오는 발자국 소리. 안개를 헤치고 새로운 그림자가 가까이 비쳐져야 하는 저 섬! 와도 좋을 때다! 오늘은 지금 가고 있는 것이다!

'피'와 '땀' 이외에 무엇을 흘릴 그것은 저 푸른 하늘 같은 살결을 가졌을 것이다. 하늘은 저렇게 가깝다. 그렇게 멀어 보이는 것은 그렇게 가깝기 때문이다. '그것'은 그렇게 가까운 존재이다!

그러나 내 손은 좀처럼 머리 위에는 우산을 놓으려고 하지 않는 것을 어쩌랴…….

돌아서니 본토의 중압은 내 이마 위로 덮어들고 있었다.

자유는 무거움이었다. 설렘이었다. 그것은 다른 섬에의 길이요, 다른 포로수용소에의 문에 지나지 않았다.

이것도 문이기는 하다. 두 번 세 번 소리를 해도 대답이 없다. 밀어서 좋을지 당겨서 좋을지 망설이다가 보기에는 안으로 밀게 된 것 같았으나 보통 하는 버릇으로 당겨보았다. 삐— 역시 밀게 된 문짝이었으나 당겨도 괜찮았다. 그렇다고 그럴 수도 없다. 안으로 밀어 넣으려는데 불쑥, 검은 덩어리가 튀어나왔다.

휙, 벌써 아랫집 지붕 꼭대기에서 이리를 돌아보고 있

shoreline. A nice land of cradle, that island!

Sounds of something drawing near. It is the new image which the island must project through the fog. It is time for it to come. Today is already almost gone. This new "something" will be clad in flesh that is like the blue sky, shedding more than just blood and sweat. The sky is so near. So near that it looks far away. Even so near to existence is this new "something."

Why is it that my hand won't lower the umbrella raised over my head...?

Turning around, I felt the heaviness of the mainland pressing against my forehead. Freedom was heaviness. It was uneasiness. It was the road to another island, no more than the gate to another prison camp.

I was standing in front of a door of sorts. Two, three times I knocked, but there was no answer. I hesitated whether to push or pull. The door seemed to be made to swing in, but I pulled it from force of habit. Squeak. It was meant to be pushed all right, but it didn't seem to make much difference if you pulled. At least it did and it didn't. A black ball streaked out past me as I was pushing it in. In the same moment it was looking back at me from the

다. 해는 지고, 지상에는 또 고양이의 세계가 있었다. 그 세계의 일원으로서의 나의 존재를 또 느껴야 했다. 여기저기에 거미줄이 쳐져 있다.

문을 밀었다. 평 하고 열린다.

"누─누─"

모래 속에서 비벼 나오는 것 같은 소리였다. 나를 누혜로 보고, 이렇게 살아온 것이 믿어지지 않는다는 모양이다. 담요 밖으로 기어 나와 비비적거리고 있는, 그것은 사람이기는 하였다. 살아 있는 것이기는 하였다. 그러나 그것은 하나의 '과거형(過去形)'에 지나지 않았다. 과거에 죽은 사실이 없으니까 지금도 살아 있는 것으로 되어 있다는 표가 찍혀 있는 데 지나지 않았다. 아까 고양이는 재빠르게 이 노파에게서 현재를 물어내어 가지고 뺑소니를 쳤는지도 모른다.

비비적거리다가 기진하여 꼼짝을 못 하고 할할거리는 양어깨를 들어서 자리에 드러눕혔다. 짚단처럼 가벼웠다.

말도 못 하는 중풍에 걸렸던 것이다. 가운데서 저편 반신은 완전히 움직임을 쉬고 있는 것이 무슨 적막(寂寞) 속에 못 박혀 있는 것 같다. 본전(本錢)은 동결되고

pinnacle of the roof of the lower house. The sun had set and once again there was a cat world in the universe, and I was forced to recognize my existence as a member of this world. There were cobwebs hanging here and there

I pushed the door. It popped open.

"Nu-he."

The voice seemed to be sliding across the sandy floor. I had seemingly been taken for Nu-he, and it was obviously too much to believe that I had come back alive like this. The form that came crawling and scratching from under the blanket seemed to be a person. It seemed to be alive. But it was no more than a past tense form. There was no proof it had died in the past, so the tag "living" was still stuck on it. That was the whole of it. Perhaps the cat had just snatched away "the present" from the old woman, and run away with it.

She was exhausted from rubbing herself, panting, unable to move. I caught her by the shoulders and put her lying down again in bed. She was as light as a bundle of straw. She was half paralyzed, couldn't speak, and not being able to move one side of her body, she gave the impression that part of her was at rest, nailed to a complete solitude.

이자만으로 살고 있는 격이었다.

젓가락을 쥘 기능도 상실한 것같이 내 무릎에 그대로 놓여 있는 손. 아들이 아님을 알아내었는지, 이제는 감정을 나타낼 힘도 없는지 아무 표정도 없다. 눈곱에서 겨우 빠져나온 눈물이, 육십 일 가문 땅을 적시는 물줄기처럼, 꾸겨진 주름살 틈을 이럭저럭 기어서 귓바퀴로 흘러든다. 어쨌든 그 얼굴은 육십 몇 년 만에 처음 든 흉년임에는 틀림없었다. 죽은 누혜를 생각하여서라도 부드러운 말이나 눈물 섞인 소리를 해야 이 자리가 어울리겠는데 그것이 그렇게 되지 않는다.

손을 어디에다 놓았으면 좋을지 몰라 하던 내 눈이 토색 담요에 멎었다. 그러고 보니 어두워진 방 안이었지만 노파의 손에 묻어 있는 얼룩점도 피가 말라붙은 것임이 분명했다.

몸을 다쳤는가? 피를 토했는가? 그러나 지금 그것을 알아내어도 부질없다. 그는 지금 죽어가고 있는 도중에 있는 것이다.

다른 데로 돌린 내 시선이, 머리맡에 굴러 있는 '프라이팬' 같은 미국 식기에 멎었다. 그것을 보니 시장기가 느껴진다. 그제야, 이 노파는 육십 일 동안 아무것도 먹

A hand lying limply on my knee, a hand which seemed to have lost the faculty of holding even chopsticks. Her face was expressionless now, whether she realized that I wasn't her son, or whether it was that she hadn't the strength to show her feelings. Tears falling with difficulty from discharging eyes, like a trickle of water on the ground after sixty days drought, running along the cracks of her lined and wrinkled face, streaming past her ears. There was no mistaking that look on her face, a look which might express the first famine in more than ten years. I felt the situation called for saying something gentle, some tearful word—at least for the dead Nu-he's sake—but it just wouldn't come.

I had been looking around for somewhere to put my hands, and my eyes fell on the earth-colored blanket. Although the room had darkened, it was clear to me as 1 looked that the stains on her hands were dried bloodstains.

Had she hurt herself? Had she vomited blood? But there was no point in finding that out now. She was in her death agony.

My eyes as they turned around the room fixed on a vessel which was thrown on the floor at her head. It looked like an American frying pan. Seeing it

은 것이 없지 않았을까 하는 생각이 들었다.

"잡숫고 싶은 것이 없습니까."

그 소리에 노파의 눈에는 정기가 떠오르고 목젖이 꿀 떡 굶주림을 삼킨다. 내 무릎에 얹혀 있던 손이 스르르 흘러 떨어진다. 나는 식은 바람이 얼굴을 스치는 것을 느꼈다. 이 중풍 병자는 아사에 직면하고 있는 것인지 도 모른다.

여기도 하나의 섬. 막바지였다. 울연히[4] 밀려 오르는 비감을 안고 일어섰다. 우선 먹을 것을 구해 와야 했다.

그만 모르고 문을 밀었다. 도로 당기려는데 아까 고양 이가 슬쩍 들어선다. 그대로 나가려는데, 쥐! 하는 비명 이 났다. 고양이는 쥐를 물고 들어온 것이었다.

산 놈을 입에 물고 발치 쪽으로 해서 노파를 한 바퀴 돌아 머리맡으로 간다. 머뭇하다가 미군 식기 속에다 내려놓고 앞발로 누른다. 다짐을 주는 것처럼 지그시 그렇게 눌러놓곤 뒤로 물러앉아서 얼굴을 끼웃한다.

노파의 손이 그리로 간다. 죽은 것처럼 하고 있던 생 쥐는 그 손 그림자를 피하며 비틀비틀 일어서더니 그대 로 쪼르르 발치로 도망치는 것이다. 비위가 거슬려진 고양이는 어깨를 욱이더니[5] 마구 그 뒤로 덮쳐든다. 벌

made me feel hungry. Just then it occurred to me that the old woman might not have had anything to eat for sixty days.

"Is there nothing you would like to eat?"

At this the old woman's eyes came back to life, and there was a starving gurgle in her throat as she swallowed. I had forgotten about the hand on my knee. It slid off and fell to the ground. I felt a chill breeze graze my face. Perhaps starvation was the old woman's problem.

Here too was an island. By far the worst. I stood up, trying to physically hold in the dense waves of sorrow pushing their way from my heart. First, I'd have to find her something to eat.

I pushed the door without thinking. When I was pulling it back the cat came stealthily in. I continued to go on out, but on my way I heard the squeal of a mouse. The cat had come in with a mouse in its mouth. With the still living mouse in its mouth it made a circle around the woman, past her feet and up to where her head was. It hesitated a moment, then placed the mouse on the American soldier's plate, and held it down with its front paw. The cat seemed to be warning the mouse, increasing the pressure holding the mouse down to make the

써 앞발은 도주자를 억누르고 있었다. 한참 그렇게 노려보다가 입에 물어, 획 턱을 쳐올린다. 쥐는 보기 좋게 천장으로 날아오른다. 떨어지는 것을 이쪽에서도 뛰어오르면서 받아 물어서 거기에다 동댕이친다. 쥐란 놈은 어떻게든지 도망쳐서 살아나겠다고 비틀거린다. 고양이는 그것을 저만치까지 그대로 놔둔다. 그랬다가 옴츠린 몸을, 툭 날린다.

옆에 사람이 있는 것도 잊은 듯이 흰 이빨을 드러내며 주둥이와 앞발로 떠밀고 낚아채고 요리조리 가지고 놀다가는 물어서 획 공중으로 구경 보낸다.

어지간히 신이 나 하는 것이 아니었다. 몇 번이고 그짓이다. 쥐는 시늉이 아니라 이제는 아주 자빠지고 만다. 그러면 고양이는 부드러운 코끝으로 쪼면서 달아날 것을 강요한다. 그러면 쥐는 마지못해 다시 한 번 비틀거려 본다. 소용이 없다. 고양이는 기운이 뻗쳐서 견딜 수 없는 것이다. 나는 고양이가 보여주는 잔인성에 지쳤다.

돌아서려다가 머뭇했다. 공중으로 떠올랐던 쥐가 이번에는 어떻게 해서 노파의 가슴이 되는 곳에 떨어진 것이다. 아주 죽었는지 쥐에게는 움직임이 없다.

point clear. Then, withdrawing a little, it sat down and cocked its head.

The old woman's hand reached out. The mouse which had been pretending to be dead rose shakily to its feet, and, avoiding the shadow of her hand it escaped in the direction of her feet. The cat was enraged. It arched its back and pounced on top of the mouse, pinning the fugitive down with its front paw. The cat glared at the mouse for a moment, grabbed it in its mouth, and with a flick of its head tossed it in the air. The mouse made a graceful arc towards the ceiling. The cat ran to this side to catch the falling mouse. It caught the mouse and slammed it on the floor. The unfortunate mouse reeled around seeking escape and life. The cat would let the mouse go a certain distance, then swoop on its cowering body.

The cat seemed to have forgotten there were people watching. White front teeth bared, it would push the mouse ahead with its mouth and front paw, then snatch it back again. It would run here and there playing with it, finally grab it again in its mouth and send it flying in the air. The cat took immense pleasure in it all. Over and over the same game. The mouse was really down now, not just

나는 숨을 죽였다. 노파의 손이 그리로 가는 것이었다. 거미처럼 조심스럽게 슬그머니 가서, 꾹 잡아 쥔다.

알지 못할 예감에 나의 몸 안에서 피가 그늘로 모여든다. 고양이를 보니 그 자리에 앞발을 세우고 장한 듯이 앉아서 노파가 하는 일을 구경하고 있다.

다음 순간 나는 외마디소리를 지르면서 노파의 그 손으로 달려들었다.

노파는 어디에 그런 힘이 있었던지 그 손을 놓으려고 하지 않는다. 쥐를 움켜쥔 노파의 손과 싸우면서도 나는 그의 공모자(共謀者)가 그 등허리에 노기를 세워 가지고 내 뒤에서 나를 노리고 있는 것을 느껴야 했다.

아까 그 노파의 눈, 손, 입, 그것은 그 쥐를 먹으려고 하는 눈이고, 손이고, 입술의 꼬물거림이었다!

손가락 사이에서 쥐를 뺏어 고양이의 면상에다 팽개치면서 나는 노파의 가슴으로 엎어들었다.

"어머니!"

그러나 그를 어머니라고 부른 것은 실수가 아니면 '제스처'에 지나지 않았을 것이다. 사실은, 인간의 체면을 이렇게까지 더럽힌 노파의 목을 꾹, 눌러서 나는 그 숨을 끊어버리고 싶었던 것이다. 저 산기슭 성곽의 주인

pretending. Now the cat began to push the mouse with the dip of its soft nose urging the mouse to run. And the mouse as a last resort tried to run on shaky legs. It was no use. The cat was so strong the mouse couldn't bear it. The cruelty of the cat drained me completely.

I turned to go, then stopped. This time the mouse flew through the air and somehow landed beneath the old woman's breast. There wasn't a move out of the mouse. It was probably dead.

I caught my breath. The old woman's hand was moving towards it. Carefully, cautiously like a spider, then grab and she had it in her hand. An indefinable sense of foreboding chilled my blood. I looked at the cat. It was sitting there, front paw forward, a conqueror, watching what the old woman was doing. Next moment I flew screaming at the old woman's hand. I don't know where the old woman got the strength but she wouldn't release her hand. And as I struggled with the old woman's hand, the mouse still tight in her grip, I couldn't help being aware of her accomplice behind me, a mad anger in its eyes as it glared at me. The old woman's eyes of a moment before, her hands, her lips—they were the eyes, hands and wriggling lips

으로 하여금 그 살찐 그 배를 딩딩 불리게 해주기 위하여, 이런 인간이 여기에 이렇게 누워서 쥐를 잡아먹고 있었던 것이다. 이 노파는 고양이가 잡아온 쥐를 먹고 목숨을 이어온 것이다! 담요의 얼룩점은 쥐의 피임이 분명하다. 산기슭에서는 '셰퍼드'까지 쇠고기를 먹고 있는데 이 못난 병신이!

침을 뱉고 싶은 생각이 목젖을 건드린다. 언제 이런 구역과 분노를 느낀 적이 있다. 섬에서이다. 변소에 들어가서 뒤를 보려다가, 무엇이 손질하고 있는 것 같아서 밑을 내려다보고 그만 소리도 못 지르고 거품을 물었다. 그것은 정말 손이었다. 누런 배설물 속에 비스듬히 꽂혀 있는 사람의 손, 쭉 뻗은 손가락은 내 발목을 잡아 쥐지 못해 하는 그것은 그 전날 죽은 누혜의 손목이었던 것이다.

"어머니! 난 누혭니다!"

쥐를 빼앗기고는 마지막 밧줄마저 놓친 것처럼 김이 빠져나간 노파의 가슴에 매어달려 분한 눈물을 막 비볐다.

쮜!

내 뒤에서는 고양이가 쥐를 잡아먹고 있는 것이다. 내

of a woman who was going to eat that mouse.

I forced the mouse from between her fingers and flung it at the cat's head. I threw myself on top of the old woman.

"Mother!"

Perhaps calling her mother was a mistake. It was at most a gesture. Really, I wanted to choke her, to cut off the life of this old woman who had so dirtied the honor of the human race. In order to fill the fat belly of the owner of the mansion at the foot of the hill, human beings lying in places like this were trying to catch mice. This old woman had held on to life by eating the mice caught and brought to her by the cat. The stains on the blanket were obviously mouse bloodstains. At the foot of the hill the German shepherd eats beef while this old diseased hag...!

A mad urge to spit on her gripped me. I could feel it in my throat. Once before I felt this kind of nausea and rage. It was on the island. I had gone into the lavatory and was about to look behind when it seemed that someone was beckoning me. I looked below. I couldn't even cry out, I just foamed at the mouth. It was actually a hand. A man's hand, stuck angularly in green excrement. Fingers stretched

앞에는 노파가 죽음의 판때기에 못 박혀 있다. 나는 두 개의 죽음 사이에 끼여 있다. 그 바늘 끝 같은 절벽 끝에서 굴러떨어지지 않겠다고 나는 노파의 손목에 매달려 어린애처럼 '어머니'를 불렀다. 그 소리에 나는 내가 정말 그의 아들이 된 것 같았고 동호는 누혜인 것만 같기도 했다. 저기에 '1+1=2'의 세계가 있는 것처럼 여기에 '1+1=3'의 세계가 있어도 좋다.

"어머니, 우리 문 안에 들어가 살아!"

내 마음 어디에 이렇게 맺히고 맺힌 설움이 그렇게 차 있었던가. 엉키고 뭉킨 그 설움의 덩어리에 비하면 내 몸은 콩알만 한 것, 바람 앞 먼지와 같은 것. 싸늘해지는 손을 느꼈다. 잠에서 깨어난 것처럼 그 손을 물리치려고 했다. 그러나 내 손가락은 노파의 손가락에 꽉 얽혀 있었다. 끝내 나는 잡힌 것이다. '변소의 손'이 나를 잡은 것이다!

등골이 시려진다. 노파의 식은 피가 손가락으로 해서 내 혈관으로 흘러드는 것이다. 노파의 얼굴에 떠오르는 생기를 보아라. 냉기는 내 팔을 얼어붙이고 있지 않는가. 위로 위로…….

사실은 내가 죽어가고 있는 것이 아닌가! 그렇지 않

to the limit, trying but unable to grasp my ankle. It was Nu-he's hand—he had died the day before.

"Mother! I'm Nu-he!"

It was as if the old woman had lost her last means of support when the mouse was taken from her. I buried my head in her breast and poured forth a torrent of angry tears.

Squeak. Behind me the cat was eating the mouse. In front of me the old woman was nailed to death's cross. I was caught between two deaths. I hung on to the old woman's wrists, calling her mother like an infant child, so that I wouldn't fall off this nee-dle-like precipice. When I called her mother I felt as if I really was her son. Tong-ho seemed to be Nu-he. Just as there is a 1 + 1 = 2 world, so it seemed all right for this to be a 1 + 1 =3 world.

"'Mother, let's go and live in our house."

How had my heart come to be filled with such an ever-growing sorrow? Compared with this mass of twisted, intertwined sadness my body was about the size of a bean. Like dust before the wind. I felt her hand becoming cold. It was like waking from sleep. I tried to drive the hand away. But my fingers were locked tight in the old woman's fingers. In the end I had been caught. The hand in the lavatory

으면 왜 내 육체가 이렇게 자꾸 차가워지는가? 구리
[銅] 같아지는 내 손의 차가움…… 팔과 어깨를 지나
가슴으로…… 혈거지대(穴居地帶)로, 혈거지대로, 나는
자꾸 청동시대로 끌려드는 향수를 느낀다…… 아이쓰
께끼[6]를 사 먹다가 '동무'에게 어깨를 붙잡힌 나의 가련
한 모습. 그런데 그 '동무'의 얼굴에는 왜 여드름이 그렇
게도 많았던가. 온통 얼굴이 여드름투성이였다. 그래서
남으로 남으로 수류탄을 차고 이동하던 밤길. 개구리가
살아 있었다. 개구리는 왜 저렇게 우노! 돌격이다! 꽝!
돌배나무가 포물선을 그린다. 나는 그리로 끌려가서 포
로가 되었다. 이! 이것이 갈매기 우는 남쪽 바다의 섬인
가! 변소의 손. 눈구멍에서 뽑혀 드리운 누혜의 눈알! 여
기저기서 공기가 찢어진 눈알들이 내다보고 있는 벌판
에 서서 그래도 외쳐야 하는 '자유 만세!'

　나는 뒤로 떠밀렸다. 노파가 발악을 시작한 것이다.
꽁꽁 묶었던 새끼줄은 끊어졌다. 이런 힘이 있었던들
아예 죽이려고 하지 않는 것이 논리적일 것이다. 소리
소리 지르고 발버둥치고, 그 팔에 떠밀려 나는 뒤로 넘
어질 뻔도 했다.

　해가 넘어간 고갯길을 굴러 내리는 늙은 나귀, 언제

had caught me.

There was a growing chill in my spine. The old woman's cold blood seemed to be running through our fingers into my veins. Look at life coming back into the old woman's face. The cold running up my arm, freezing. Up, up.

Maybe it's me that is actually dying. If not, why is it that my body is getting colder and colder all the time? The cold of my hand—more and more like copper. From arms and shoulders to chest... To the cave era, to the cave era. I felt a nostalgia pulling me back all the time to the Bronze Age. My pathetic expression when I was caught in the act of eating an ice-candy by a school friend. Why were there so many pimples on my friend's face? His whole face was a mass of pimples. Moving the night road, southward, southward, laden with grenades. There were frogs everywhere. Why do frogs croak like that? It's a charge. Crash. The pear tree traces a pa-rabola. Then I was taken by them. I became a pris-oner of war. The meaninglessness of it all. Is this an island to the south where seagulls cry? The hand in the lavatory. Nu-he's eyeballs, plucked out and hanging from their sockets. Air cutting through ev-erything. Standing in the clearing beneath the stare

무슨 결에 자기의 수레바퀴에 치여 넘어질지 모른다.

부풀어 올랐던 그 가슴이 푸욱 꺼진다. 멀겋게 헛뜬 눈. 공허를 문 것처럼 다물지 못하는 입. 옆으로 젖혀진 입술로 걸직한[7] 침이 가늘게 흘러내리다가 끝에 가서 똑똑 떨어진다. 한 고치 한 고치 생명이 입김 밖으로 떨어지는 것이다.

할딱할딱…… 점점 격해지는 숨소리. 자기의 그 '리듬'을 짓밟아버리지 못해 한다. 목젖에서 '죽음'이 자기의 새벽이 밝는다는 춤을 추고 있는 것이다.

보는 사람이 숨이 겨웁고 눈알이 부어오른다. 두렵다. 저 숨길이 꺼질 때 그 소용돌이에 내 목숨까지 한데 묻혀서 그만 흘러가버릴 것만 같다.

내 가슴을 그슬려버린 죽음의 고동은 귓속에까지 비쳐 든다. 귀 안에서 죽음이 운다. 막 우는 진동에 눈동자가 초점을 잃어버린다. 환영(幻影)이 비쳐 든다.

머릿속에서 환영이 맴돈다. 운다. 방 안이 운다. 하늘이 운다. 하늘 아래 벌판이 운다. 벌판이 온통 울음소리로 덮인다. 꿀꿀 돼지 우는 소리…….

꿀꿀 꿀꿀, 돼지 우는 소리가 들려온다. 꺼먼 돼지, 흰 돼지, 빨간 돼지, 푸른 돼지. 꿀꿀 꿀꿀, 있을 수 있는 온

of those eyeballs, still having to cry "Freedom for Ever."

I pushed back. The old woman had begun to rave. The bonds that bound her tight had broken. With this kind of strength it would seem logical never to die. Screeching, kicking, forced back by her foot. I almost fell over. The sun gone over the top of the mountain road; an old donkey rolling down the road, not knowing when it might fall under the wheels of its own cart

Her heaving breast falls. Eyes focused on far-away emptiness. Lips that have consumed emptiness and won't close. A thin line of saliva trickles from twisted lips, runs its course and falls drop by drop. The threads of life, one by one, dropping with each breath. A rasping in her throat as her breathing gradually becomes more tortuous. It looks like she can't crush its rhythm. In her throat death is dancing the dance of its brightening dawn. Watching her breathing became labored, my eyes swelled up. It was frightening. Whenever her breath died it seemed that my life, too, would flow out with hers, bound in one as they were in that vortex. The agony of death is charring my breast. It is in my ear, too. Death is crying in my ear. My eyes are

갓 돼지들이 우는 소리가 들려든다. 봉우리에서 골짜기에서 들을 지나 내를 넘어 돼지들이 우는 소리가 밀려든다.

도살장을 부수고 쏟아져 나온 돼지의 대군이 하늘 아래를 까맣게 덮었다.

꿀꿀 꿀꿀, 거리로 덮어든다. 뒤진다. 썩은 것을 훑는다. 기둥뿌리를 훑어낸다. 건물이 쓰러진다. 썩은 것을 훑으니 서 있는 모든 것이 다 넘어진다. 백만 인구를 자랑하던 공민사회(公民社會)는 삽시간에 허허벌판이 되었다. 까맣던 문명(文明)이 허연 배를 드러내고 여기저기에 뒹군다. 서 있는 것이라곤 아무것도 없다. 죽었다. 도시는 죽었다.

무의미를 의미로 돌려보내고 돼지의 대집단은 썰물처럼 지평선을 넘어 다음 퇴폐(頹廢)를 향하여 꿀꿀 꿀꿀, 울고 간다.

'페스트'가 지나간 이 터전을 향하여 소리 없는 행진이 나타났다. 나무의 행렬. 나무들이 진군해 온다. 대추나무, 회나무, 잣나무, 느릅나무, 이깔나무[8], 느티나무, 소나무, 보리수, 계수나무…… 사전(辭典)에서 해방된 모든 나무들이 천천히 걸어 들어온다. '캐피털 레터'의 순

76

losing their focus with the vibrations of the terrible lament. I'm going into a phantom world.

Phantoms going round and round in my head. Crying. The room is crying. The sky is crying. Beneath the sky the plain is crying. The plain is filled with all these crying voices.

The grunting of pigs can be heard. Black pigs, white pigs, red pigs, blue pigs. I can hear the grunting of every possible kind of pig that there can be. From the mountaintops, from the valleys, across the plain, over the stream, the grunting of pigs pounding in my ears. Legions of pigs surging from the demolished slaughterhouse, a black cover for the earth beneath the sky.

Grunt. Grunt. They pour across the streets. They ransack. They devour the rotten. They loosen the foundations of pillars. Buildings collapse. The "people's society," the boast of a million people, levelled in less time than it takes to tell. Remote civilizations roll around everywhere, their white bellies bared to the sky. Something left standing that one could mention? Nothing. Dead. A dead city. Restoring meaning to meaninglessness. The herd of pigs crosses the horizon like the ebbing tide, grunting as they move towards the next wasteland.

서를 벗어던지고 자기가 원하는 곳에 가서 툭툭 선다. 서서는 그늘을 짓는다. 고요하다. 아주 고요하다. 낙원이다. 낙원이 고요하다. 언젠가 이런 슬픔이 있었다. 백성이 감찰(鑑札)을 잃어버린 '메리'의 면상을 갈구리로 쳐서 질질 끌고 간 것이 슬퍼서였겠다. 아홉 살 때였을 것이다. 실컷 울고 난 오후, 지상에는 매미 우는 소리 이외 아무 움직이는 것도 없던 대낮의 아카시아나무 그늘이 이러하였겠다. 고요하다. 깊다. 고향은 깊다. 더 깊은지도 모른다.

그러나 세계는 고요한 대로 언제까지 있을 수 없다. 한편으로는 벌써 소란해지고 있었다. 낙원은 흔들리기 시작한 것이다. 푸드득푸드득, 하늘로 날아오르는 부엉새의 떼무리…… 눈먼 새의 뒤에는 사람의 그림자가 따르는 법이다.

나뭇가지를 타고 침입해 들어오는 원인(猿人).[9] 아직 쭉 펴지 못하는 허리에 차고 있는 것은 또 그 돌도끼이고 손에는 횃불이다. 그가 배운 재주는 그것밖에 없다는 말인가.

저 망측스런 것들이 이제 좀 있으면 '비너스'를 찾고 그 앞에 제단(祭壇)을 세운다. 주문을 몇 번 뇌까리면 땅

A silent parade appeared, approaching this pest-visited battlefield. A procession of trees. The trees are advancing. Jujube trees, spindle trees, Korean nut pines, elm trees, larch trees, zelkova trees, pine trees, cinnamon, lime trees, all the trees in the dictionary, liberated, came walking slowly forward. Disregarding alphabetical order, each moves to the place of its choice and stands there. They cast a shadow where they stand. It is silent, really silent. Paradise. Paradise is silent. Once I knew a sadness like this. I had lost my dog Mary's tag and she was gaffed through the head by a butcher and dragged away. That was sad. I was nine then. I remember the stillness that afternoon beneath the shade of the acacia tree. I had cried my eyes out and now there wasn't a sound in the world save for the singing of cicadas. Now, once again this sadness. Deep. Home is deep. Maybe even deeper than deep.

But the world cannot remain in this silent state forever.

Already there is a growing noisiness. It has begun to ripple through Paradise. The flapping of a flock of owls rising high into the sky. The shadow of a man always close behind a blind bird.

An ape-man invading, swinging on the trees. He

이 움직이기 시작하고 자아가 눈을 뜬다. 그 눈가에 공장이 서고, 그 연기 속에서 2층 건물이 탄생한다. 그 공화국은 만세를 부르는 시민들에게 자유를 보장하는 감찰을 나누어준다.

바깥 세계에서는 눈이 시름없이 내리고 있는데, 이런 역사(歷史)는 그만하고 그쳤으면 좋겠다.

눈이 온다. 밖에서는 펑펑, 함박꽃 같은 눈이 온다. 온 하늘이 내려앉는 것처럼 눈이 내린다. 눈이 온다. 눈은 와서 내린다. 와서 덮인다. 온 누리가 눈 속이 된다. 눈이 이불이 되었다. 그래도 눈은 와서 쌓인다. 지붕까지 쌓였다. 봉우리까지 쌓였다. 하늘까지 쌓인다. 세계는 눈이 되었다. 공기가 걷히고 바람이 죽었다. 눈 속이 세상이다. 생물 교본을 고쳐야 한다. 눈을 마시고 사는 새 살림이 시작된 것이다. 좀 있으면 건망증(健忘症)인 그들은 공기를 마시고 살았다는 것을 잊어버릴 것이다.

그러면 공기를 마시고 살기 전에는 무엇을 마시고 살았던가……

……눈 속으로 검은 그림자가 나타났다. 갓을 푹 숙여 쓴 그 젊은 도승(道僧)은 눈이 먼 것이다. 손으로 앞을 더듬으면서 가까이 온다. 지팡이도 없이, 눈알을 어

still hasn't learned to straighten his back. He wears a stone axe at his side; he has a torch in his hand. Does this mean that these are the limits of the skills he has learned?

It won't be long now till these horrible creatures find Venus and build an altar to her. A few chants repeated, the earth begins to move, self-awareness opens its eyes. There will be factories standing there for those eyes to see. Two-story buildings will be born in the smoke of these factories. The Republic will distribute certificates guaranteeing the freedom of citizens who cry "Long Live the Republic."

In the outside world where snow is falling purposelessly, I wish this kind of history would end, finish.

It is snowing. Snow like little blobs of peony. Snow coming down as if the whole sky was sitting on us. It is snowing. Snow coming, falling. Coming, covering. The whole world is in snow. An eiderdown of snow. Still it comes, piles up. It's even piled on the roof. Piled on the mountain ridges. Even piled in the sky. The world is a snow world. Air vanished, wind dead. This snow is the world. Biology textbooks must be revised.

디에다 두고, 험한 산 넓은 들을 넘어 그는 천 리 길을 그렇게 손을 저으면서 여기까지 찾아온 것이다. 저만치에 와 서서 그 먼눈으로 눈물을 흘린다.

이 거지 행색을 한 도승이, 저 도살장을 부숴 버리고, 사전을 뜯어버린 그가 아닐까?

"누에—"

노파가 소리를 비벼댔다. 나는 소스라치면서 환상에서 깼다. 노파의 목젖에서 달각 하는 소리가 난 것 같았다.

방 안은 어둠이 차지했는데 내 앞에는 식어가는 노파의 원한이 가로놓여 있었다. 이렇게 해서 누혜의 어머니는 죽었다.

도승이 서 있던 자리에는 고양이의 두 눈이 파란 요기(妖氣)를 뿜고 있었다. 몸이 확 달아올랐다. 누혜의 눈이 이제 거기에 그렇게 켜 있는 것만 같았다.

A new man has come to be, a man who lives by breathing snow. Before long these forgetful people will forget that they lived breathing air.

If this is so, I wonder what man breathed before air to sustain life?

A black shadow revealed itself in the snow. It is a young enlightened monk, his horsehair hat pulled low over his eyes. He is blind. He feels his way with his hands as he approaches near. He has found this place after a walk of one thousand li. No staff, his sight gone, he has come over rough mountain roads, through broad plains, keeping his hands warm by feeling his way with them as he came. He came so far, stopped. Tears flow from his unseeing eyes.

This enlightened monk who looks like a beggar, is he not the one who destroyed the slaughterhouse and tore the dictionary to shreds?

"Nu-e!"

The old woman shrieked out his name. I woke sobbing from my reverie. There seemed to be a rattling in the back of the old woman's throat. Darkness held the room. The old woman's resentment cooled and finally sank. This is how Nu-he's mother died.

중(中)

누에는 철조망에 목을 매고 죽었다.

포로수용소에서도 모두들 누혜를 누에라고 불렀다. 그래서 포로라는 이름이 아직 낯이 설어서, 모두가 한 가지로 허탈상태(虛脫狀態)에서 헤어나지 못하고 있을 때, 실없는 얼굴들은, 하늘을 쳐다보고 있기를 좋아하는 그를 이렇게 놀려주기도 했다.

"뽕 뽕 뽕잎이 떨어진다. 뽕 뽕 뽕잎이 떨어진다."

"범은 죽어서 가죽을 남기고 누에는 죽어서 비단을 남긴다. 하하……."

그는 비단을 남기고 싶어 한 것이 아니었다. 봉황새가 되어, 용이 되어 저 푸른 하늘 저쪽으로 날아가 보고 싶어 했다.

그는 의용군이 아니고 이북에서부터 쳐내려온 괴뢰군이었다. 그런데 수용소가 어수선해졌을 때에도 적기가(赤旗歌)[10]는 부르려 하지 않고 틈만 있으면 누워서 푸른 하늘을 쳐다보기를 좋아했다.

감시병들의 눈으로 볼 때, 수용소는 그저 까마귀의 떼

The cat's two eyes, filled with a green ghostliness, were in the place where the enlightened monk had stood. I was burning all over. I couldn't get it out of my mind that they were Nu-he's eyes that were shining there.

*

Nu-he hung himself on the barbed wire fence.

Everyone in the camp called Nu-he Nu-e, which means silkworm. This went back to the early days when the name "prisoner of war" was still some-thing strange and unfamiliar, and no one could rouse themselves from the state of prostration in which they lived. At this time some thoughtless fel-lows used to tease Nu-he who was always staring at the sky.

Mulberry, mulberry, mulberry leaves are falling. Mulberry, mulberry, mulberry leaves are falling. Ti-gers when they die leave tiger skin, silkworms when they die leave silk. Ha, ha. But it wasn't silk he wanted to leave behind. He wanted to become a phoenix or a dragon. He wanted to fly off and see yonder blue sky. He wasn't Volunteer Army, he was

들이 욱실거리고 있는 것 같았지만 그 저류(底流)에는 방향을 잃은 충동이 밤이고 낮이고 굼틀거리고 있었다. 몇 세기 동안 자기의 전쟁을 가져보지 못한 이 겨레였다. 근대적 의식이라고는 사벨[11]과 지카다비[12]밖에 모르던 이 땅이 '민주 보루(堡壘)'니 '두 개의 세계'니 '만국 평화 어필 운동'이니 하는 따위의 '리얼리즘'이 네이팜탄(彈)의 세례와 함께 쏟아져 들어왔을 때, 농부의 옷을 채 벗지 못했던 그 시골내기들은 살이 찢어지고 피를 줄줄 흘리면서 어안이 벙벙해졌다. 언제 도회인으로 출세한 것 같기도 하고 꼭두각시가 된 것 같기도 하고 무슨 최면술에 걸린 것 같았다. 그저 멋도 모르고, 나팔 소리에 죽어라 하고 뛰었다. 한참 뛰다가 우뚝 발을 멈추고 보니 주위는 쑥밭이었다. 내 집, 내 학교, 내 공장이 성냥갑을 철퇴로 두드려 부순 것 같은 폐허였다. 개화당 이래 조금씩 조금씩 쌓아 올린 축적(蓄積)이 죄다 무너져 버렸었다. 알몸만 남았다. 세계의 거지가 되었다.

그러던 그들은 마치 좀도둑이 감옥소살이를 하는 사이에 소도둑이 되어가는 투로, 포로 생활을 하는 사이에 뼈마디가 굵어져서 '제네바 협정'이니 '인도적 대우'니 하고 도사릴 줄 알게 되었다.

a regular and had swept down from the north with the Puppet Army. Yet he made no effort to sing "The Red Flag," not even when the camp was in complete confusion. He just looked for a chance to stretch out and gaze at the blue sky. That's what he liked to do.

In the eyes of the prison guards the camp was just a place where flocks of crows swarmed everywhere, but there were undercurrents, convulsive impulses, night and day, impulses which had lost all direction. This was a people who hadn't waged their own war for centuries. "Sabres" and "Japanese straw sneakers" were the limits of their modern consciousness. Now they had got a new terminology, "bulwark of democracy," "two worlds—east and west," "World Peace Appeal Movement" and the like. Baptized by these and by napalm bombs they had swarmed in, country lads who hadn't even got their farm clothes off, and now here they were flesh torn, blood dripping, dumbfounded. From one point of view they had got on in the world— become city men. From another they were just puppets. From still another they were caught in a hypnotic trance. They didn't know what it was all about but they charged when the bugle called, cry-

'내 살이 뜯겨나가고 내 피가 흘러내린 이 전쟁은 과연 내 전쟁이었던가?'

한편에서 세계의 고아가 된 포로병들의 가슴속을 이렇게 거래하던 회의는 이리 몰리고 저리 몰리고 하다가 마침내 생에 대한 애착에 부딪혔다. 한 개의 나사못으로밖에 취급을 받지 못했던 자기의 삶에 대한 애착이었다. 살아야 하겠다. 어떻게든 살아야 한다. 그래서 그들은 남을 죽이기 시작했다. 싸움은 다시 일어났다. 남을 죽여야 내가 살 것 같았다. 남해의 고도에는 붉은 기와 푸른 기가 다시 바닷바람에 맞서서 휘날리게 되었다. 살기 위하여 그들은 두 깃발 밑에 갈려 서서 피투성이의 몸부림을 쳤다. 철조망 안에서의 이 두 번째 전쟁은 완전히 자기의 전쟁이었다. 순전히 자기의 목숨을 보존하기 위한 자기의 전쟁이었다. 그러기 때문에 그 전쟁에 참가하지 않는다는 것은 스스로 생존의 권리를 포기하는 거나 마찬가지였다.

그것은 인간의 한계를 넘은 싸움이기도 하였다. 그렇게 사람을 죽이는 법은 없는 싸움이었다. 아무리 악하고 미워서 견딜 수 없는 적이라 해도 죽음 이상의 벌을 주지 못하는 것이 인간이다! 아무리 독하고 악한 사람

ing "death" as they ran. They would run for a while, then stop and look around. They always found themselves in a field of carnage. Utter devastation— their homes, their schools, their factories, battered to pieces like matches beneath the stroke of a hammer. Everything they had gradually stored up from the time of the Enlightenment Party on, destroyed, utterly. Left with just their naked bodies. They had become the beggars of the world.

But the fiber of their bone thickened in confinement. In the same way as prison life makes big-time criminals out of petty thieves, camp life toughened these men up, teaching them to invoke the Geneva Convention and to demand humanitarian treatment.

"This war which has extorted my flesh and spilled my blood, was it my war at all?"

The doubt in the hearts of these prisoners, who had become orphans of the world, drove them every which way until finally they came face to face with the problem of attachment to life. Attachment to a life so far treated as one of many screwnails in a machine. They must live on. No matter what, they must continue to live. So, they began to kill others. Fighting sprang up again. Killing the other is the

이라 해도 죽음 이상의 벌을 받지 않는 것이 인간이다! 그렇게 되어 있는 것이 인간이라는 이름이다! 이것은 인간이 가질 수 있는 인간에 대한 마지막 신앙이다! 죽음에는 생의 전(全) 중량(重量)이 걸려 있다. 그의 죄는 그 생보다 더 클 수 없는 것이고, 죽음이란 끝나는 것이다. 모든 것이 끝나는 것이다. 슬픔도 기쁨도, 간지러움도 아픔도, 피도 땀도, 선도 악도, 지상의 모든 약속이 끝나는 것이 죽음이다. 마지막 위로요, 안식이요, 마지막 용서이다!

그런데 거기서는 시체에서 팔다리를 뜯어내고 눈을 뽑고, 귀, 코를 도려냈다. 아니면 바위를 쳐서 으깨어 버렸다. 그리고 그것을 들어서 변소에 갖다 처넣었다. 사상(思想)의 이름으로. 계급(階級)의 이름으로. 인민이라는 이름으로!

그들은 생(生)이 장난감인 줄 안다. 인간을 배추벌레인 줄 안다!

이것을 어떻게 하면 좋단 말인가?

도리가 없었다. '인간 밖'에서 일어나는 한 '에피소드'로 돌려버릴 수밖에 없었다. 이런 공기 가운데서 누혜는 여전히 하늘을 먹고 살고 있었다. 언제부터 나는 그

condition for my survival. In this solitary island in the southern sea, the red flag and the blue flag caught the sea breeze and began to flutter again. For their lives' sake they stood divided beneath these two standards, writhing in a bloody agony. This second war within the barbed wire was completely their own war. Their own war dedicated with singleness of purpose to preserving their own lives. For this reason, not to participate in this war was equivalent to surrender of the right to live.

It was also a fight that went beyond all human boundaries. Never was there a war in which man so killed man. No matter how evil the enemy, no matter how unbearable the fate, the very meaning of being human is to mete out no more punishment than death. No matter how vile, how evil man may be, he is human and as such receives no punishment in excess of death. The word human means this. This is man's last outpost of faith in his fellow man. The entire dignity of life is bound up in death. A man's crimes cannot be greater than his life. Death is the end. Death ends everything. Death is what ends sorrow and joy, the sensation of being tickly and the sensation of pain, blood and sweat, good and evil, and all the agreements of the world.

의 옆에 오므리고 앉는 버릇을 길렀다. 나는 반편 취급이니까 그렇게 하고 있을 수도 있었지만, 점점 험악해 가는 그들의 서슬이 그의 그런 생활 태도를 언제까지 그대로 둬둘 리가 없었다. 하루는 감나무 아래로 불리어 나갔다.

"동무! 우리는 동무를 인민의 적이며 전쟁 도발자의 집단인 미제의 앞잡이로 몰고 싶지 않단 말이오. 어떻소, 동무……? 동무! 왜 말이 없소?"

그들의 어세(語勢)는 불러낼 때의 기세와는 달리 사정하는 투가 되었다. 그럴 수도 있을 것이 그는 이번 전쟁에서 나타낸 용감성으로 최고 훈장을 받은 인민의 영웅이기도 하였다.

"동무! 그래 민족 반역자로 봐두 좋단 말이오!"

"……"

그들의 얼굴에 살기가 떠올랐다.

"대답해라! 너는 반동분자다!"

"……"

여전히 대답이 없다. 대답은 두 가지 중에 하나여야 한다. 그런데 그는 그 두 가지가 다 자기의 대답이 되지 않는 것으로 보고 있는 것 같았다.

It is the last consolation, the last rest, the final pardon.

But they chopped off arms and legs from the corpses, they plucked out eyes, they cut off ears and noses. If not this, they battered the corpses to pieces on a rock. And then they flung the remains into the lavatories. In the name of ideology, in the name of the classes, in the name of the people!

They seem to think life is a toy. Man they regard as a grub on a cabbage plant. What can you do about that?

Nothing. There was nothing one could do but put it down as an episode in the history of un-human humanity. Despite this atmosphere Nu-he continued to live on the blue sky. Though it's hard to say from when, I had got into the habit of squatting down beside him. I had a certain amount of freedom in matters like this because they regarded me as a simpleton. However, as their campaign became gradually more threatening, they could not leave Nu-he with this kind of attitude indefinitely. One day he was called out beneath the persimmon tree.

"Comrade! We don't want to denounce you as an enemy of the people, as a tool of the warmongering American imperialists. How about it? Comradee

'타락한!' '반역자!' '인민의 적!' 이런 고함 소리가 쏟아지면서 몽둥이가 연달아 그의 어깨로 날아들었다. 나는 그저 그렇게 소 같은 줄 몰랐다. 말뚝처럼 서 있다. 몽둥이가 머리에 떨어졌다. 그제는 비틀거리면서 쓰러진다. 거기에 있는 발길이 모두 한두 번씩 걷어찬다.

그들이 물러간 뒤에 가보니 그의 눈은 하늘에 떠 있었다. 눈물이 가늘게 흐르고 있었다.

우러러보니 여름날의 구름이 본토로 본토로 희게 떠가고 있다.

나도 그의 옆에 누워 푸른 하늘로 눈을 떴다. 지상의 검은 그림자는 티 한 점 비치지 않는 거울같이 평화로운 하늘…….

"저기다 곡식을 심어봤으면 좋겠네……."

그를 위로하느라고 이렇게 말해 봤다.

"산두 없구 저렇게 너른데 그래두 풍년이 안 들까? 평화시대가 안 올까……."

"곡식이 나면 사람은 거기에두 말뚝을 박는다."

"그럴까……."

"자네는 오래 사는 것이 좋아."

"왜? 죽는단 말이오?"

cl...? Comrade, why do you not say something?"
Then the emphasis of their argument changed. Their
tone was no longer threatening. They pleaded with
him now. Another reason for this was that during
the war Nu-he had received the highest possible
decoration for bravery—Hero of the People.

"Comrade, don't you care if you are branded as a
traitor of the people?" Ferocity crept into their fac-
ess.

"Answer! You belong to the reactionaries!"

Still there was no answer. The answer had to be
one of two. But Nu-he seemed to think that neither
of these two answers could be his.

"Corrupted! Traitor! Enemy of the people!" Cries
bursting from their throats as sticks flew in quick
succession to his shoulders. I never knew he could
be so like a cow. He stands there like a stake in the
ground. A stick struck him on the head. He stag-
gers and sinks down. And all those feet rush to kick
him, once, twice.

After they had gone off I went to take a look. His
eyes were fixed fast on the sky. Tears trickled in a
thin line.

Looking up I saw the white of summer clouds
racing, racing towards the land.

"아니, 내게는 늙은 어머니가 있소."

"……."

"모든 줄은 다 끊어버릴 수 있는데 탯줄만은 정말 질겨…… 그것만 끊어버릴 수 있다면……."

"비단은 남길 수 있단 말이구면?"

"봉황새가 되어, 용이 되어 저 하늘 저쪽에 가보겠다."

"……."

며칠 후.

"누에가 자살했다!"

미명의 하늘을 찢어낸 그 소리는, 그가 봉황새가 되어 용이 되어 하늘로 날아 올라갔다는 것을 고하는 종소리인 것만 같았다.

끝이 안으로 굽어진 철조망 말뚝에 목을 매고 축 늘어진 누에.

그런 전날 밤이 없었더라면 나는 그렇게는 충격을 받지 않았을 것이다. 전날 밤, 그는 잠자고 있는 나를 껴안고 들었던 것이다.

"네 살결은 참 따뜻해!"

성적인 입김이 내 귀밑을 간질였다. 소름이 끼쳤다. 사실대로 말하면 우리는 그렇게 친한 사이가 아니었다.

I lay down beside him and opened my eyes to the blue sky. A peaceful sky like a mirror, not showing a single blemish of the black shadows of this earth.

"I wish I could sow grain up there."

I spoke like this to comfort him.

"No mountains and so wide. Don't you think there would be a bumper harvest? Maybe the Age of Peace would come..."

"If you had grain, men would drive stakes there, too."

He paused for a moment, then asked.

"Would you like to live to be old?"

"Why? You mean you are going to die?"

"No. I have an old mother... You can break all bonds but not the umbilical cord—that's really tough. If I could only break that..."

"You mean you could leave silk behind, is that it?"

"I'd become a phoenix, or a dragon and fly off into the sky."

A few days later.

"Nu-he has committed suicide!" The cry that rent the grey of the early dawn seemed like a bell declaiming that he had indeed become a phoenix or a dragon and flown off into the sky. A barbed wire fence, barbs to the inside, and Nu-he hanging limp

그리고 이때까지 우리 사이에 교환된 대화는, 좋게 말하면 낭만주의요, 나쁘게 말하면 잠꼬대에 지나지 않는 것으로 묵계(默契)가 서 있는 것인 줄로만 나는 생각했다. 그런데 그는 그것이 일획(一劃)도 어길 수 없는 '리얼리즘'이었다는 것에 대한 사후승인(事後承認)을 나에게 강요하는 것이었었다.

"엊저녁 꿈에 말이지, 아주 이쁜 여자가 나를 껴안지 않았겠나, 이렇게 말이야……."

"……."

나는 구렁이에게 안긴 처녀처럼 꼼짝을 못 했다.

"그 순간 나는 어머니두 결국은 죽는다는 사실을 그제야 깨달았어. 그런 것을 그제야 깨달았으니 깨달아야 할 일 얼마나 있겠는가……."

"……."

"그 여자 누군 줄 알어……? 네 살결은 참 부드러워……."

그것은 남색(男色)에 못지않은 포옹이었다. 우리 천막에서는 그러한 행위가 공공연한 비밀로 행해지고 있었다.

"이건 아무에게두 말하면 안 돼! 아직 모르는 일이니

on it.

If it hadn't been for the night before I wouldn't have got such a shock.

The night before. He had come on me when I was asleep and taken me into his arms.

"Your flesh is real warm!"

His hot, sexual breath tickled the bottom of my ear. It gave me goose pimples. To tell the truth our relationship wasn't really close. When we talked together I thought there was a faint understanding between us that our talk was at best mere romanticism and at worst pure nonsense. But here he was demanding *post facto* recognition from me that it was all real—every last jot.

"Last night, in a dream I mean, didn't a beautiful woman take me in her arms, like this, I mean."

I couldn't move a muscle, like a young girl embraced by a boa constrictor.

"In that moment I finally realized that my mother must die. To realize something like this so late. How much there must still be to realize! Do you know who the woman was...? Your skin is really soft..."

His embrace was nothing if not homosexual. This kind of thing had been going on in our tent as a

까⋯⋯."

그는 숨을 죽였다. 그런 흥분 속에서도 다음 말을 잇는 것을 몹시 어색해하는 것이었다. 그럴 법도 했다.

"살로메⋯⋯ 알지? '요한'의 모가지를 탐낸 그 여자 말이야. 그 계집이었어!"

하고 내 몸을 툭, 떠밀어 버리는 것이었다. 그리고 할할거리는 것이었다.

"나의 열매는 익었다. 그러나 내가 나의 열매를 감당할 만큼 익지 못했다⋯⋯. 영원히 익지 못할 것이다! 내게는 날개가 없다⋯⋯."

내 육체는 강간을 당한 것처럼 보잘것없는 것으로 흐무러지는 것이었다.

그 반역자의 시체에는 즉시 복수가 가해졌다. 그가 그렇게까지 잔인한 복수를 받아야 할 까닭은, 그가 인민의 영웅이었다는 것과 그가 죽기 전에는 감히 그에게 더는 손을 대지 못했다는 것 이외 찾아볼 수가 없었다.

나더러 장난도 아니겠는데 그의 눈알을 손바닥에 들고 해가 동쪽 바다에서 솟아오를 때까지 서 있으라는 것이었다. 나는 엄살을 부릴 수도 있었지만 누에의 눈이 아닌가.

sort of open secret.

"Your're not to tell this to anyone, I'm still not too sure of it myself."

He held his breath. Even in this fever of excitement he found it extremely difficult to go on with what he had to say next. This was understandable.

"Salome...you know her, don't you? The woman who coveted John's head, that's the woman I'm talking about. She was the one, the bitch."

He pushed me firmly away as he spoke. He was panting.

"My fruit is ripe. But I'm not ripe enough myself to match it. I'll never ripen, never. I have no wings."

My body felt as if it had been raped, limp, worthless.

Revenge rushed to outrage the corpse of this traitor. Why had he to be the victim of such a cruel revenge? I could find no reason other than that he had been a "hero of the people" and that they hadn't dared to beat him before he died. They ordered me—and it wasn't a joke—to stand with his eyeballs in the palm of my hand till the sun rose in the eastern sea. I could have pretended I wasn't feeling well, but, after all, were they not Nu-he's eyes?

As I waited for the sun to rise with Nu-he's eyes

멀리 철조망 밖에서는 감시병이 휘파람을 불며 향수를 노래하고 있는데, 나는 누혜의 눈알을 들고 해가 돋기를 기다리고 있다. 이 눈알과 저 휘파람은 어떤 관계 속에 놓여 있는 것인가. 무슨 오산(誤算)을 본 것만 같았다. 우리는 무슨 오산 속에 살고 있는 것이다. 저 휘파람이 그리워해야 할 것은 태평양 건너 '켄터키'의 나의 옛 집이 아니라 이 눈알이었어야 하지 않았던가……

나는 그가 어째서 죽음의 장소로 철조망을 택했는가 하는 것을 그의 유서를 읽어볼 때까지는 깨닫지 못했다. 그때까지도 내 눈에 보인 것은 내가 눈알을 손바닥에 들고 서 있어야 했던 안 세계와 감시병이 향수를 노래하고 있던 밖 세계, 이 두 개의 세계뿐이었다. 세계를 둘로 갈라놓은, 따라서 두 개의 세계를 이어놓고도 있는 철조망은 눈망울에 비쳐는 들었건만 보이지 못했다. 그 철조망에 어느 날 새벽, 한 시체가 걸리게 되었으니 그것은 하나의 돌파구(突破口)가 거기에 트여짐이다.

그에게는 그가 포로로 되었다는 소문을 듣고, 후퇴하는 국군을 따라 이남으로 나왔다는 어머니가 있었지만 그 유서는 그 어머니에게 한 것도 아니었다. 유서라기보다 수기(手記)였다.

in my hand, I could hear a guard whistling a nostalgic song far away outside the barbed wire fence. What sort of a relationship is there between these eyes and that whistling? It all seems to be a miscalculation. We live in some sort of miscalculation. It's not "My Old Kentucky Home" across the Pacific but Nu-he's eyes that the whistling should be yearning after.

I didn't realize why he chose the barbed wire as his deathbed till I read the will he left behind. Up till then all I could see were two worlds, one an inner world where I had to stand holding Nu-he's eyes in the palm of my hand, the other an outer world where the guard was singing a nostalgic song. Just these two worlds. A world divided in two, and by the same token two worlds bridged by this barbed wire fence. It was all there for the eye to see. Yet I had not seen it. Now a corpse hanging on that fence in the dawn had opened a way through.

Although his mother was still alive—she had come south with the retreating army after hearing a rumour that her son was a prisoner of war—his last will was not addressed to her. It wasn't really a will at all. It was more a note than anything else.

하(下)

유서

나는 한 살 때에 났다.

나자마자 한 살이고, 이름이 지어진 것은 닷새 후였으니 이 며칠 동안이 나의 오직 하나의 고향인지도 모른다. 세계는 '이름'으로 이루어진 것이니, 가령 이 며칠 사이에 죽었더라면 나는 이 세상에 존재하지 않은 것으로 되었을 것이다.

이름이 지어지자 곧 호적에 올랐다. 이로써 나는 두꺼운 호적부의 한 칸에 갇힌 몸이 된 대신, 사망계(死亡屆)라는 법적 수속을 밟지 않고는 소멸될 수 없다는 엄연한 존재가 된 것이다.

네 살 적에 젖을 버리고 쌀을 먹기를 비롯했다. 이것이 연대 책임을 지게 되는 계약이 되는 것인 줄 몰랐고, 또한 말을 외기 시작하였으니 '유화(類化) 작용'을 본격화한 셈이다.

아홉 살이 되매 소학교에 들어갔다. 이렇게, 공민사회의 한 분자(分子)가 되는 과정을 나는 나도 모르는 사이

*

The Will

I was born at the age of one, that is to say, I was regarded as one year old the day I was born, as is the custom in this country. Five days later I was given a name, and perhaps these five days represent the only time in my life that I was completely at one with the world. Imagine it. Had I died during those five days I would not have existed at all, because the world is made up of names.

As soon as I was given my name it was immediately entered in the official register. In this way I became the prisoner of one column of one page of a thick register, and at the same time I became a grand entity which now could not cease to exist without going through the legal formalities of notification of death.

I was weaned at the age of four and from then on ate rice. I did not realize it at the time but this represented an agreement on my part to take my own share of responsibility. It was at this time, too, that I began to express myself clearly, so that it also represented the real point of departure in the process

에 착착 밟아간 것이다. 학교는 죄(罪)의 집이었다. 벌에서 죄를 배웠다. 일 분 지각했는데 삼십 분 동안이나 땅에 손을 짚고, 오또세이[13]처럼 엎드리고 있으면 학교는 그만큼 잘되어 가는 것이다. 그렇게 하고 엎드리고 있는 내 앞을 나보다 10초가량 앞서 뛰어가던 아이가 싱글벙글 줄 속에 끼여, '하나 둘 하나 둘' 발을 맞추며 교실로 들어갔다. 그때 나는 60초 지각은 지각이지만 50초 지각은 지각이 아니라는 것을 배웠다. 어렸을 때 우리 집은 몹시 가난했는데 한 번 부자가 되기 시작하더니 자꾸자꾸 부자가 되어간 까닭도 그때 알았다.

유리창을 깨뜨린 벌로 물이 가득 찬 바께쓰를 들고 복도에 서 있던 내 모습은 지금도 잊을 수 없다. 동무들은 다들 돌아가고 해는 뉘엿뉘엿 서산으로 기울어 가는데, 저 복도 끝 직원실로 담임선생의 안경이 가끔 이리로 내다보곤 사라질 뿐, 난 또 얼마나 이렇게 더 서 있어야 하는가? 터엉 빈 운동장을 강아지가 잠자리를 쫓는 것처럼 이리 뛰고 저리 뛰고 놀고 있다. 나는 팔이 저주스러웠다. 이런 팔이 어깨에 달려 있지 않았던들 이런 것을 손에 들고 서 있지 않아도 좋았을 것이다. 팔이 빠지는 것 같은 것이 내 팔 같지 않았다. 그만 놓았다. 물

where one begins to become a part of everyday life.

I went to primary school when I was nine. I had no great awareness of the fact but atually I was going through the process of becoming an atom in the "People's Society." The school was a house of crime. I learned crime from punishment. If for being one minute late a student could be made stretch out on the ground for thirty minutes, supporting the weight of his body with his hands like a seal, this showed that all was well with the school. While I was stretched out like this, other kids who had arrived perhaps ten seconds before me lined up and marched in step with beaming faces, one two, one two, into the classroom. That was when I learned the odd truth that although sixty seconds late is late, fifty seconds late is not late. My family was extremely poor when I was young and it was at this time that I learned the reason why if one once begins to become rich one just keeps on getting richer.

I can never forget, not even now, the way I looked as I stood in the corridor holding a bucket of water in punishment for breaking a window. My classmates had all gone and the sun was already dipping

바다에 들어앉아서 나는 엉엉 울었다. 새로운 벌에 대한 공포와 아무도 나를 위하여 변호해 줄 사람이 없으리라는 고독…….

그러는 사이에 중학생이 되었다. 소매 끝에와 모자에는 흰 두 줄이 둘렸다. 그 줄 저쪽으로 나서면 안 된다는 것이다. 그 대신 그 이쪽에서는 아무 짓을 다 해도 좋다는 것이다. 나는 이중으로 매인 몸이 되었다.

어느 날 아침 조회 때, 천 명이나 되는 학생들의 가슴에 달려 있는 단추가 모두 다섯 개씩이라는 것을 발견하고 현기증을 느꼈다. 무서운 사실이었다. 주위를 살펴보니 주위는 모두 그런 무서운 사실투성이였다. 어느 집에나 다 창문이 있고, 모든 연필은 다 기름한 모양을 했다. 모든 눈은 다 눈썹 아래에 있었다. 그래서 나는 상급생을 보면 신이 나서 모자에 손을 갖다 붙였다. 그러면 저쪽에서 보통이라는 듯이 간단간단히 끄덕거렸다. 그것이 대견스러워서 나는 더 신이 나서 팔이 아프도록 경례를 했다. 중학교에서 나는 모범생이었다. 열일곱 살이 되는 어느 여름날 오후, 돌담에 비친 내 그림자를 뱀이 획 스치고 달아났다. 나는 곡괭이를 찾아 들고 그 담을 부수어 버렸다. 모범생이라는 벽에 가리어져 빛을

further and further towards the west. From time to time my teacher's glasses would peer in my direction from the staff room at the end of the corridor and just as promptly disappear, and I was left wondering how much longer I would have to stand like this. Down in the deserted playground there was a dog capering around like it was chasing a dragonfly. I felt my arms were a curse. If I did not have arms attached to my shoulders I would not have to be standing here holding this bucket. My arms felt like they would fall off. They were not like my arms at all. I let my arms fall in spite of myself, I sat in the puddle and cried. The fear of new punishment and the loneliness of not having anyone to defend me...

Somehow I became a middle school student. We had two white stripes on our caps and on the sleeves of our jackets. The stripes meant that as far as behavior was concerned there was a certain line which one could not cross. Within the line it did not matter what one did. I became chained to this double standard.

One day at morning assembly I discovered that there were five buttons on the front of the jacket of each and every one of the thousand students gathered there. It really made me dizzy. It was frighten-

보지 못했던 나는 한길에 나선 것이다.

드디어 나의 책상 앞이 되는 벽에는 '자율'이라는 모토가 붙었다. 그것이 더 깊은 타율의 바다에 빠져드는 길목이 된다는 것을 몰랐고, 좀 지나서 대학생이 되어버렸다.

멍하니 이 층 창가에 앉아 고향 하늘을 바라보고 있던 내 눈망울에 움직이는 것이 느껴졌다. 아무리 더듬어 보아도 눈앞에는 움직이는 것이 없는데 눈망울은 무엇이 움직이는 것을 느끼고 있다. 그러다가 나는 몸서리를 쳤다. 저 언덕 위에 서 있는 묘심사(妙心寺)의 소나무들이 이리로 움직여 오고 있는 것이었다. 기겁을 먹고 나는 벽 그늘로 숨었다. 혁명은 드디어 일어났다. 나는 어느 편에 가담해야 할 것인가.

'소나무 만세!'를 부르면서 뛰어나갈 것인가. 그러면 저녁에 구니코와 타잔영화를 구경 가려던 협정은 글러지고 만다. 나는 '혁명'과 '외국 여자' 사이에 끼여 심히 그 입장이 곤란해졌다. 이러지도 못하고 저러지도 못하고 이율배반 속에서 어물어물하다가 하여간 자라목을 내밀어 혁명의 진행을 살펴보았다. 중지되었었다. 혁명은 중지되었던 것이다. 묘심사의 소나무들은 묘심사로

ing. I examined the world around me and discovered that it was made up of such frightening facts. Every house had windows. Every penal had the same long-drawn appearance. Every eye was fixed beneath its eyebrow. So, whenever I saw an upper class student I was delighted with myself and my hand went to the rim of my cap in salute. They in turn, regarding this as the most natural thing in the world, acknowledged my salute with the barest of nods. That was enough for me. I saluted them all the more eagerly, to the point even that my arm got tired. I was a model student in middle school. One afternoon—it was the summer that I became seventeen—a snake slid across my shadow where it was being cast on a stone wall. I found myself a pick and demolished the wall. I could never see the light while I was hidden behind this wall called "model student." Now I was stepping into the middle of the street.

Finally, I stuck the motto "autonomy" on the wall in front of my desk. I did not know that this was the beginning of a road that falls into a deeper sea of heteronomy. After a little while I became a college student.

Seated vacandy at a second floor window, eyes

돌아가서 옛 모습대로 서 있는 것이었다. 나는 숨을 크게 내쉬면서 아까 소나무가 움직였다고 본 것을 착각이라고 해두었다. 안 일어날 것은 안 일어나는 것이 좋았다. 편했다. 진화론의 강의를 듣고 대학을 졸업했다. '우연(偶然)'이 강자(强者)라는 것을 아직 몰랐고, 따라서 존재(存在)가 죄악(罪惡)이라는 것도 깨닫지 못했다. 다만 두 개의 세포로 분열된 나의 그림자를 물끄러미 내려다보고 있는 나를 거울 속에 느꼈을 뿐이다.

나는 산속인 내 난 땅에 돌아왔다. 새벽이면 은은히 들려오는 산사(山寺)의 종소리는 나를 무위(無爲)로 끌어들였다. 노루와 놀았고, 토끼를 쫓아다녔다. 아무런 생산(生産)도 없는 시인이 되었다. 그래서 시를 짓기를 좋아했다.

종(鐘)이라면 좋겠다.
먼동이 트는 종이라면 좋겠다.
살을 에어 피를 덜고
앙상한 이 뼈가 나는 종이라면 좋겠다.

파란 가을 하늘

gazing at the sky of my hometown, I began to be aware of something moving. The feeling was visual. No matter how I looked there was nothing in front of my eyes. Yet, I had this visual feeling of 'omething moving. I shuddered. The pine trees of Myoshim Temple on that hill over there were moving. They were coming this way. I gasped and hid in the shadow of the wall. The revolution had finally come. On which side should I participate?

Should I rush out crying 'long live the pine trees?' If I did, then my arrangement to go to see a Tarzan movie with Kuniko this evening would come to nothing. It was a really awkward fix to be in, sandwiched like this between the revolution and a foreign girl. I was caught in a dilemma, unable to do one thing or the other. Finally, I stuck my head out from my turtle's shell to see how the revolution was going. It had stopped. The revolution had been stopped. The pine trees of Myoshim Temple had gone back to the temple and were standing where they always stood, looking as they always looked. I heaved a deep sigh of relief and decided that when I saw the pine trees moving it had all been an optical illusion. I was glad that a thing like this which should never happen was not actually happening. I

황금(黃金)지는 낙엽 소리

한 잎

또 한 잎……

겁(却)에서 업(業)으로

맥박(脈搏)이 새겨내는 여기 이 적막

수의(戌衣)에 맺힌 이슬은

생명이 흘러내린 리듬인가……

그늘지는 계절

나는 종이라면 좋겠다.

의욕(意慾)도 부처도 나는 다 싫어

먼동이 트는 나는 그저 종이라면 좋겠다.

이차대전이 끝났다.

나는 인민의 벗이 됨으로써 재생(再生)하려고 했다. 당에 들어갔다. 당에 들어가 보니 인민은 거기에 없고 인민의 적을 죽임으로써 인민을 만들어내고 있었다.

'만들어내는' 것과 '죽이는' 것. 이어지지 않는 이 간극(間隙). 그것은 생의 괴리(乖離)이기도 하였다. 생은 의식했을 때 꺼져버렸다. 우리는 그 재[灰]를 삶이라고 한

felt more at ease.

I graduated from college having taken lectures in the theory of evolution. However, I still did not know that chance governs all things, and accordingly I had not grasped that existence itself is evil. I just was conscious, when I looked at myself in the mirror, of my own shadow divided in two looking fixedly at me.

I returned to the hill country where I was born. Temple bells heard indistinctly in the dawn drew me towards a life of inactivity. I played with deer, chased after rabbits. I became the poet who makes no material contribution to society. I liked writing poetry.

I wish I was a bell,
A bell that heralds the wakening dawn.
Stripped of flesh, drained of blood
I wish this skeleton-me was a bell.

The blue autumn sky
The sound of yellow and gold falling—dried leaves
One leaf,
Then another...
From eternity to time's labour
The pulse that engraves this solitude.

다. 우리는 다른 데를 열심히 살고 있는 것이다. 산다는 것은 다른 데를 사는 것이다. 그래서 선의식(善意識)에만 선(善)이 있다는 양식. 이 심연. 그것은 10초 간의 간극이었고, 자유에의 길을 막고 있는 벽이었다.

그 벽을 뚫어보기 위하여 나는 내 육체를 전쟁에 던졌다.

포로가 되었다. 외로웠다. 저 복도에서처럼 나는 외로웠다. 직원실로 내다보는 안경도 거기에는 없었다.

그 외로움과 절망 속에서 나는 생활의 새 양식을 찾아냈다.

노예. 새로운 자유인을 나는 노예에서 보았다. 차라리 노예인 것이 자유스러웠다. 부자유를 자유의사로 받아들이는 이 제삼노예가 현대의 영웅이라는 인식에 도달했다. 그 인식은 내 호흡과 꼭 맞았다. 오래간만에, 생각해 보니 나의 이름이 지어진 이래 처음으로 나는 나의 숨을 쉬었고, 나의 육체는 그 자유의 숨결 속에서 기지개를 폈던 것이다.

그러나 그것도 한때의 기만이었다. 흥분에 지나지 않았다. 생각해 보니 역사는 흥분과 냉각의 되풀이에 지나지 않았다. 지동설에 흥분하고, 바스티유의 파옥(破

Dewdrops clinging to a monk's robe.
Is this the rhythm that flows with life?

The season of shadows,
1 wish I was a bell.
Desire, Buddha—I do not want them,
I just wish I was a bell that heralds the wakening
dawn.

The Second World War ended. I hoped to be re-born by becoming a friend of the People. I joined the Party. But having joined the Party I discovered that there were no people in it. They were making the People by killing off the enemies of the People.

Making and killing. The gap that never closes. It means estrangement from life, too. Just when I became conscious of life, life's light went out. The ashes of this life are what wc call living. Actually what we are eagerly living is something other than life. We are not living life, we are living something else. This explains the attitude to life wherein good only exists in the consciousness of good. This abyss. It is a ten second gap, a wall that blocks the road to freedom.

I threw myself into the war in order to breach this

獄)에 흥분하고, '적자생존'에 흥분하고, '붉은 광장'에 흥분하고…… 늘 그때마다 환멸을 느끼곤 했던 것이다.

그 노예도 자유인이 아니라 자유의 노예였다. 자유가 있는 한 인간은 노예여야 했다! 자유도 하나의 숫자. 구속이었고, 강제였다. 극복되어야 할 그 무엇이었다. '뒤'의 것이었다!

신(神), 영원(永遠)…… 자유에서 빚어져 생긴 이러한 '뒤에서 온 설명'을 가지고 '앞으로 올 생'을 잰다는 것은 하나의 도살이요, 모독(冒瀆)이다. 생은 설명이 아니라 권리였다! 미신이 아니라 의욕이었다! 생을 살리는 오직 하나의 길은 신, 영원…… 자유가 죽는 것이다.

'자유' 그것은 진실로 그 뒤에 올 그 무슨 '진자(眞者)'를 위하여 길을 외치는 예언자, 그 신발 끈을 매어주고, 칼에 맞아 길가에 쓰러질 '요한'에 지나지 않았다!

……

거친 벌판에서 나는 다시 외로웠다. 이미 달은 서산에 졌는데 동녘 하늘에서 해가 솟지 않는다. 그렇다고 나는 내 그림자를 따라갈 생각이 없다. 여기에 그대로 서 있을 수도 없다.

여기는 땅의 끝. 땅의 시작되는 곳. '온 시간'과 '올 시

wall. I became a prisoner. I was lonely. As lonely as when I stood in the corridor, without even the glasses peering from the staff room.

I discovered a new mode of life in the midst of this loneliness and despair. A slave. 1 saw the new free man as a slave. Being a slave was being free. This third type of slave, one who freely accepted his lack of freedom, arrived at a consciousness of what a modern hero is. This consciousness was exactly right for me. Master of my own breath for the first time since I was given a name, now after all these years I could straighten my back amid freedom's breath.

But this too was a deception. Just something to get excited about. When you think about it, history is just a repetition of hot and cold. Everyone got cxcited about the Copernican theory, about the breach of the Bastille, the survival of the fittest, Red Square—and in the wake of it all, always disillusion.

The slave was not a free man either. He was the slave of freedom. Man had to be a slave as long as there was freedom. Freedom was a number, a restraint; freedom was force It was something which had to be conquered. Something to come in the future!

간'이 이어진 매듭. 발톱으로 설 만한 자리도 없다. 여기
는 경계였다.

그러나 얼마나 넓은 세계이냐. 이 옥토, 생산의 안뜰.
시간과 공간이 여기서 흘러 나가는 혼돈…….

이 세계에는 이율배반이 없다. 무수의 율이 마치 궁륭
(穹窿)의 성좌(星座)처럼 서로 변함이 없이, 고요한 시
(詩)의 밤을 밝히고 있다. 왕자도 없고 노비도 여기에는
없다. 우려가 없다. 그러니 타협이 없다. 풍습이 없으니
퇴폐가 없다. 만물은 스스로가 자기의 원인이고, 스스
로가 자기의 자[尺]이다. 태양이 반드시 동쪽에서만 솟
아야 할 이유가 여기에는 없다. 늘 새롭고 늘 아침이고
늘 봄이다. 아— 젊은 대륙…….

언제면 왜인(矮人)의 섬에 표류한 걸리버의 미몽(迷
夢)에서 깨어날 것인가. 탈출할 수 있을 것인가…… 파
괴해야 할 것은 바스티유의 감옥이 아니라, 이 섬을 둘
러싼 해안선이다.

나는 다시 기다릴 수 없다. 즉시 나는 나를 보아야 한
다. 마지막 권리를 가지고 내 눈으로 나는 나를 보아야
할 것을 요구한다!

나를 둘러싼 모든 시선에서 해방되었을 때, 그 시선이

God, eternity... It is a kind of slaughter or defile-
ment to treat life that is still to come in terms of
these "latter day" concepts which have themselves
sprung from the idea of freedom. Life is not an ex-
planation, it is a right. Not superstititon but desire.
The only way to give life to life is in the death of
freedom The solution is in the death of freedom.
What is freedom but a prophet, a John the Baptist
announcing the way for the "true one," ready to tie
the true one's laces, ready to fall in the street be-
neath the stroke of the sword.

I am lonely again in the rugged plain. The moon
has already sunk behind the western mountain; the
sun is not rising in the eastern sky. But I have no
intention of following my shadow around. Neither
can I continue to stand here idly.

This is land's end. The place where land begins.
The knot which ties time that is gone and time that
is to come. There is no place to stand, not as much
as a toe-hold. This is a boundary.

How broad this world is? This fertile land of pro-
duction. The chaos from which time and space
flow.

There is no antinomy in this world. Here there
are innumerable laws which illuminate the silent

얽혀서 비친 환등(幻燈)의 그림자를 떠낸 윤곽에 지나지 않았던 나는 비로소 나를 볼 수 있고, 나를 탈출할 수 있고, 안개 속으로 나타나는 세계를 볼 수 있는 것이다.

자살은 하나의 시도요, 나의 마지막 기대이다. 거기에서도 나를 보지 못한다면 나의 죽음은 소용없는 것이 될 것이고, 그런 소용없는 죽음이 기다리고 있는 것이 생이라면 나는 차라리 한시 바삐 그 전신(轉身)을 꾀하여야 할 것이 아닌가……

서력(西曆) 1951년 9월 ×일 기(記)

유서가 저기서 파란 두 눈으로 나를 보고 있다. 칠흑 같은 어둠 속에 화석(化石)한 주문(呪文)처럼 언제까지 언제까지 나를 노리고 있다. 이마에 식은땀이 배는 것을 느낀다. 그것은 내가 이길 수 없는 싸움이었다. 나는 그의 눈밖에 보지 못하는데 고양이는 내 눈썹까지 보고 있는 것이다. 내가 죄지은 것이 무엇인가? 살아 있다는 것 이외 내가 죄지은 것이 무엇인가…… 그 눈은 말하기를, 움직이는 것은 하여간 다 죄라고 한다.

저놈의 눈을 어떻게 꺼버릴 수 없을 것인가. 그 눈빛에 내 몸은 숭숭 구멍이 뚫리는 것 같다. 나는 졸려서 견

night of poetry, laws like those which preserve the constellations in the vault of the sky from violating each other. Here there is neither king nor slave. No anxiety. Hence no compromise. No customs, hence no corruption. Everything is its own cause, everything is its own measure. Here there is no reason why the sun should invariably rise in the east. Everything is always new. It is always morning. It is always spring. Ah—a young continent!

Will we be able to escape upon wakening up from Gulliver's nightmare when he drifted onto the island of dwarfs? It is not the prison of the Bastille that we must destroy but the shoreline that runs around this island.

I cannot start waiting again. I must see myself now. Self demands that exercising my last right I must see myself with my own eyes. When I have been liberated from all the eyes which have made me into a vague shadow cast by a magic lantern, then and only then will I be able to see myself, to escape, to see the world emerging from fog.

Suicide is a test, my last hope. If I cannot see myself there, then my death will have been in vain. But if life itself means no more than waiting for a meaningless death, then the sooner I attempt this

딜 수 없는 것이다. 섬에서 가져온 피로가 여기서 지금 탁 풀려 나가는 것인지도 모른다.

이 공포와 졸림, 그것이 빚어내는 긴장. 거기에는 무한한 가능성이 내포되어 있다.

아웅, 하고 이 긴장이 찢어지고 단절될 때 '해안선'은 끊어지고 저 언덕 위 마른 나뭇가지에는 새빨간 꽃이 방긋 피어날 수도 있는 것이다. 있을 수 있는 일은 있을 수 있고, 있을 수 있는 일은 무수이다. 그 무수의 가능성이 하나의 우연에 의하여 말살된 자리가 존재이다. 따라서 존재는 죄지은 존재이다. 생 속에서는 죄지었다는 것은 죄지을 것을 의미한다. 존재는 범죄이다. 그 총목록이 세계이다. 세계는 범죄의 소산이고, 인생은 그 범죄자였다.

산다는 것은 죄짓는다는 것이다. 내가 여기에 앉아 있기 때문에 그들이 여기에 앉아 있지 못하는 것이다. 그들을 떠밀어 버리고 내가 여기에 앉아 있는 것이다. 그래서 언제 그들에게 밀려 나갈지 모른다. 순간순간, 무수의 가능성이 자기를 주장하고 있는 것이다. 모든 존재는 다음 순간에 일어날 가능성 앞에 떨고 있는 전율인 것이다. 이 전율을 잠자고 있는 세계에서는 '자유'라

metamorphosis the better.

September 1951.

The will is looking at me there with two blue eyes. In the pitch dark it keeps staring at me like a fossilized incantation. I feel a cold sweat soaking my forehead. This was a struggle I could not win. I could only see the cat's eyes, but the cat could see my eyebrows as well. What sin had I committed? Apart from being alive what sin had I committed? Those eyes were saying—it doesn't matter, everything that moves is sin.

Is there no way to extinguish those blasted eyes? Beneath those glaring eyes my body felt as if holes were being bored in it. Maybe the fatigue which I had carried with me from the island was finding relief here, now. Fear and sleepiness, and the tension created by them. An infinite number of possibilities encompassed there.

If this tension can be rent and ruptured by a mew, then the shoreline can break and red flowers can smile and bloom on withered branches on that hill over there. Possibilities are innumerable. Existence occurs when all these innumerable possibilities are destroyed by accident. So, existence is sinful. This

고 한다. 그대로 잠자고 있을 것인가? 깨어날 것인가……? 어둠 속에서 고양이는 상기도 나를 노리고 있다. 나는 그의 주인을 죽인 것이다. 노파는 내가 죽인 것이다. 저 눈이 저기서 저렇게 나란히 빛나고 있는 한 나는 살인자인 것이다.

이자택일을 강요하고 있던 그 두 눈의 거리가 좁아졌다. 나는 숨길을 찾았다. 그는 외면한 것이다. 다음 순간을 노리던 내 손이 툭, 그리로 날았다. 손은 허공을 잡았고, 두 눈은 내 겨드랑이 밑으로 해서, 획 벌써 문틈 밖으로 튀어 나갔다.

그 뒤를 쫓아 밖으로 튀어 나갔다. 저만치에서 이리를 돌아보던 고양이는 다시 언덕 위를 향하여 달아난다.

쫓아 올라갔으나 어디로 사라졌는지 보이지 않는다.

아웅!

쳐다보니, 아까 저녁때 까마귀가 황혼을 울던 나뭇가지에 두 눈알이 켜져 있었다.

돌을 찾아 던져도 그 눈빛은 꺼지지 않는다. 그에게는 날개가 없는 것이다. 나는 우리 조상이라고 하는 원숭이의 재주를 먼 옛날에 상실해 버린 것이다.

저주와 복수를 자아내던 두 눈빛이 사라지면서 그 근

means that there has been sin in life and that there will be. Existence is crime. All this crime compounded makes up the world. The world is the offspring of sin. Life is the criminal.

Living is sinning. Because I am sitting here others cannot sit here. I have pushed them away so that I can sit here myself. So, I don't know when I'm going to be pushed out by them. Second by second, innumerable possibilities are asserting themselves. Every existing thing is trembling in fright before the possibilities that may be realized in the next instant. In the sleeping world they call this fear liberty. Will the world sleep on? Will it waken?

In the darkness the cat is still glaring at me. I had killed its mistress. It was me who had killed the old woman. I will be a murderer as long as those two eyes over there, side by side, continue to stare like that. The distance between those two eyes, which were demanding that I choose one of two alternatives, shortened. I caught my breath. The cat had looked away. My hand, grabbing the opportunity flew towards the cat. My hand struck empty air. Flashing eyes darted beneath my armpit and flew out through a crack in the door.

I raced out after it. The cat looked back from a

처가 흐무러진다. 달이 둥글게 꿈틀거리면서 구름 사이를 비비고 나왔었다.

나뭇가지에 오므리고 앉은 고양이의 윤곽이 까만 동화(童話)처럼 달 속에 걸려들었다.

아옹!

멀고 먼 해안선을 얼어붙이는 것 같은 싸늘한 울음소리 속에 한때 보이지 않아졌던 파란 요귀는 여전히 숨 쉬고 있는 것이었었다.

내일 아침 해가 떠올라야 저 눈이 꺼지는 것이다. 나는 졸려서 그대로 그 눈을 지켜보고 있는 것이 무섭기도 했다.

밤은 고요히 깊어가는데 누혜의 비단옷을 빌려 입은 나의 그림자는 언제까지 그렇게 그 고목 가지 아래서 설레고만 있는 것이었다.

과연 내일 아침에 해는 동산에 떠오를 것인가……

1) 하코방. 즉 판잣집을 뜻하는 일본어.
2) 매소부. 매춘부.
3) 레이션(ration). 군용 비상식량.
4) 울연히. 답답하게.
5) 욱이더니. 우그리더니.
6) 아이쓰께끼. 아이스케이크. 꼬챙이를 끼워 만든 얼음과자.
7) 걸직하다. '걸쭉하다'의 북한어.
8) 이깔나무. 잎갈나무.

distance, then facing the hill again it raced up it. I followed it up all right but it had disappeared and I didn't know where.

"Mew."

Looking up I saw two eyes, bigger than ever, staring at me from the dried up branch on which the crow had been perched in the gathering dusk.

I got a stone and threw it, but the light did not go from those shining eyes. The cat had no wings and I had lost the monkey's skill in climbing trees which they say our forefathers possessed. The eyes which had excited curses and revenge disappeared and the whole area seemed to disintegrate. The moon roiling, wriggling, brushing through clouds, finally emerged. The silhouette of the cat crouched on the branch was engraved on the moon like in a dark fairy tale.

"Mew."

Those ghostly eyes, which had disappeared for a moment, were back where they were before and there was a cry that seemed to freeze the far distant shoreline. The eyes will shine till the sun rises in the morning. I was getting sleepy and I was finding it a burden to keep watching those eyes. The night was silently deepening and my shadow,

9) 원인(猿人). 100~300만 년 이전에 생존하였던 가장 오래되고
   원시적인 화석 인류를 통틀어 이르는 말.
10) 적기가(赤旗歌). 북한의 공식 혁명가요이자 군가.
11) 사벨. 사벌(sabel). 군인이나 경관이 허리에 차던 서양식 칼.
12) 지카다비. 일본식 작업용 신발.
13) 오또세이. '물개'를 뜻하는 일본어.

* 이 책의 한국어판 저작권은 사단법인 한국문예학술저작권협회로
  부터 저작물의 사용 허락에 대한 동의를 받았다.

* 작가 고유의 문체나 당시 쓰이던 용어를 그대로 살려 원문에 최
  대한 가깝게 표기하고자 하였다. 단, 현재 쓰이지 않는 말이나 띄
  어쓰기는 현행 맞춤법에 맞게 표기하였다.

《현대문학(現代文學)》, 1955

dressed in Nu-he's borrowed silk clothes, kept moving restlessly beneath the old tree.

I wonder if the sun will rise over the eastern mountain...

* English translation first published in *Ten Korean Short Stories* (Yonsei University Press, 1974).

Translated by Kevin O'Rourke

해설

Afterword

한국전쟁이 만들어낸 실존의 의미

이현식 (문학평론가)

장용학의 소설 「요한 시집」이 발표된 것은 1955년 《현대문학》 7월호이다. 그러나 작가가 기록해 놓은 연보(年譜)에 보면 이 작품은 1953년에 탈고한 것으로 되어 있다. 1953년은 한국전쟁의 휴전협정이 조인된 해이다. 전쟁이 막 끝날 무렵 작가는 이 소설을 통해 한국전쟁을 자기 나름대로 성찰하려 했던 것으로 보인다.

「요한 시집」은 전쟁 포로로 남한의 수용소에서 생활했던 누혜의 자살과 누혜 어머니의 죽음을 통해 전쟁 직후의 참상과 실존적인 자유의 의미를 문학적으로 형상화했다. 그렇지만 기존의 소설 형식을 파괴한 기이한 형식과 관념적인 내용으로 난해하다는 평이 주를 이뤘

The Meaning of Existence as Created
by the Korean War: "The Poetry of John"

Yi Hyun-Shik (literary critic)

Chang Yong-hak's "The Poetry of John" was pub-
lished in the July 1955 issue of *Hyundae Munhak*
[Modern Literature]. According to the author's chro-
nology, he finished it in 1953, the year in which the
Korean War ended with the Armistice Agreement.
Thus it seems that the author attempted a reflection
on the Korean War through this story, which was
written around the time the war was ending.

"The Poetry of John" is a literary depiction of a di-
sastrous wartime reality and a reflection on the
meaning of existential freedom through the story of
Nu-he, a North Korean POW who commits suicide
in a POW camp, and his mother. Most critics claim

다. 작가는 사르트르의 장편소설인 『구토(嘔吐)』를 읽고 난 이후 이 작품을 썼다고 말함으로써 프랑스 실존주의의 영향을 받았다는 것을 부인하지 않았다.

이 소설은 크게 세 가지의 이야기가 겹쳐져 있는 구조이다. 작품 앞머리에 등장하는 토끼의 우화가 하나이고, 누혜의 유서가 다른 한 부분이라면 이 작품의 화자인 동호의 이야기가 나머지이다. 토끼의 우화는 동호와 누혜의 이야기 앞에 등장하면서 이 소설의 주제를 알레고리적인 방식으로 드러내고 있는 데 반해 누혜의 유서는 이 소설의 줄기라고 할 수 있는 동호의 이야기 안으로 포섭되어 있어서 소설 속의 소설로 읽힌다. 그런데 엄밀히 말해 동호와 누혜의 이야기는 크게 변별되지 않는다. 동호와 누혜는 함께 포로수용소 생활을 했을 뿐만 아니라 생각도 거의 같으므로 누혜의 입을 빌어 동호 자신의 이야기를 하는 것이라고 보아도 큰 무리가 없다.

한편, 토끼의 우화는 소설의 중심 줄거리와 상관없는 듯이 전혀 별개의 내용과 형식으로 겉돌고 있는 것처럼 보이지만 따지고 보면 「요한 시집」이 지향하는 실존적 자유의 의미를 압축적으로 드러낸 것이라고 할 수 있

the meaning of this work is hard to decipher be-
cause of its unconventional form and its abstract
content. The author has said that he wrote the sto-
ry after reading Sartre's *Nausea* (1938), strongly sug-
gesting that it was influenced by French existential-
ism.

Three narratives overlap in this story. One is the
rabbit fable in the beginning; another is Nu-he's
suicide note; and a third is the narrator of the entire
piece, Tong-ho's story. The rabbit fable seems to
reveal the theme of the entire story in allegorical
fashion. Embedded in Tong-ho's story, Nu-he's is a
story within a story. As such, Tong-ho's and Nu-he's
stories are not so distinguishable. They are both
POWs at the same camp and their thoughts are
similar, and as such, Nu-he's suicide note can be
reasonably understood to express Tong-ho's ideas
as well.

At first glance, the rabbit fable appears unrelated
to the story's main plot in both its form and con-
tent. However, within its compressed fable, it ex-
presses the meaning of existential freedom, which
rest of "The Poetry of John" pursues further. In a
nutshell, the fable appears to argue that living a life
in which one is aware of oneself and pursues free-

다. 토끼의 우화는 감옥 같은 일상의 안락한 삶에 안주하기보다는 죽음을 각오하더라도 자신의 존재를 자각하고 끝없이 자유를 추구하면서 살아가는 것이 인간으로서 가치 있는 삶이라는 주장을 내포하고 있다. 작가는 자유를 찾아가는 고된 여정이야말로 인간의 실존이고 그런 과정에서 인간으로서 살아가는 가치도 있다고 말하려 한 것이다. 그런데 이는 역으로, 자유가 보장되지 못하고 자유를 억압하는 조건과 싸우는 것조차 불가능할 때에, 그리고 동물적 생존밖에 가능하지 않은 상황일 때에 그런 삶이 과연 인간의 삶일 수 있을까 하는 회의로도 연결된다. 그리고 「요한 시집」의 본편이 바로 그런 내용을 담고 있기도 하다.

토끼의 우화는 추상적인 실존의 의미만이 도드라지지만 소설의 본편인 동호와 누혜의 이야기에 오면 추상적 실존은 구체적 현실과 만나게 된다. 여기에서 구체적 현실이란 전쟁과 연결되어 있다. 작가는 전쟁으로 인한 극단적 궁핍과 포로수용소 내의 반목과 분열을 통해 자유를 억압하고 인간다운 삶을 가로막는 것의 실체를 보여주고 있다. 소설은 극단적 굶주림으로 생존의 한계에 이르렀을 때 과연 어떻게 사는 것이 인간다운

dom, even if it means risking one's own life, is a more valuable existence than a life in which one settles in a comfortable, everyday routine, almost as in a prison. In other words, the author seems to say that a difficult journey in search of freedom is the essence of human existence and that only such a journey makes our lives worthwhile. The counter-argument is doubting whether one can call a life a human life, if freedom is not guaranteed, if it is impossible to even fight against the condition that oppresses freedom, and if the only possible existence is animal-like survival. This doubt comprises the main theme of "The Poetry of John."

The abstract sense of existence in the rabbit fable meets up with concrete wartime reality in Tong-ho's and Nu-he's stories. In these two main narratives, extreme wartime destitution as well as antagonism and discord in the POW camp are concrete realities that destroy human freedom and a humane existence. "The Poetry of John" asks how one must live in order to live as a human being when the limit of survival is reached due to extreme starvation. The death of Nu-he's mother makes the argument that human existence calls for the choice of death in a situation where otherwise only animal-like survival

삶인가를 묻는다. 동물적인 생존밖에 가능하지 않은 상황일 때 차라리 죽음을 택하는 것이 인간 존재이어야 한다는 것을 누혜 어머니의 죽음으로 보여주고 있다. 즉 단순히 생명을 연장하기 위해 고양이가 잡아온 쥐를 산 채로 먹을 수밖에 없는 누혜 어머니는 더 이상 인간답게 사는 것이 아니라고 동호는 주장하고 있는 것이다. 마찬가지로 반목과 이데올로기의 갈등, 야만과 다름없는 수용소 내의 분열과 쟁투들 속에서 누혜는 이런 세계를 진정으로 극복할 수 있는 것은 죽음밖에 없다는 인식에 이르게 된다. 따라서 누혜에게 죽음은 탈출이고 해방이면서 자기를 직시(直視)하는 도구이기도 하다. 누혜가 유서의 끝에 "자살은 하나의 시도(試圖)요, 나의 마지막 기대(期待)이다"라고 말한 것도 그런 이유 때문이다.

이렇게 본다면 「요한 시집」이 문제적인 것은 서구의 실존주의 사상을 한국전쟁의 비참하고도 극단적인 상황에 끌어들여 실존의 의미가 무엇인가를 탐색했다는 점에 있다. 즉 인간 실존이라는 보편의 문제를 전쟁 직후 한국적 상황의 구체적 현실로 녹여냈다는 점에서 의미를 찾을 수 있다. 그렇게 해서 한편으로는 한국전쟁

is possible. Tong-ho argues that Nu-he's mother, who has no choice but to eat a mouse caught by a cat in order to extend her life, is no longer living like a human being. In the same way, Nu-he comes to the conclusion that the only way for him to overcome the world of the POW camp, with its barbaric discord and fights, ideological conflicts, and antagonisms, is death. To Nu-he, death is an escape and liberation—as well as a tool for self-awareness. That is why he writes toward the end of his suicide note: "Suicide is a test, my last hope."

"The Poetry of John" is engaging because it explores the meaning of universal human existence in the highly particular and wretched circumstances of the Korean War. In other words, the story attempts to apply the ideas of Western existentialism to this Korean situation. This cross-cultural exercise enables the author to not only faithfully depict the reality of the Korean War, but also to turn it into an circumstance for exploring universal questions of human existence and what it means to live as a human being, rather than merely reducing the war to an extreme and exceptional situation. By combining the themes of ideological conflict and destitute life during the Korean War with the theoretical theme

의 실체를 보여주면서도 그것이 어떤 극단적이고도 예외적인 상황의 문제로 축소되는 것이 아니라, 그 같은 환경에서 오히려 인간이란 무엇이고 어떻게 사는 것이 인간다운 삶인가 하는 인간 실존의 보편적 문제를 제기하는 데에까지 나아간 것이다. 결국 「요한 시집」은 한국 전쟁이 빚어낸 이데올로기의 갈등과 궁핍한 삶을, 실존주의라는 관념적 주제와 잘 결합하여 표현해 냈다는 점에서 한국 전후 문학의 대표작으로 평가받게 되었다.

of existentialism, "The Poetry of John" can be ap-
preciated as one of the most powerful representa-
tive of postwar Korean short stories.

비평의 목소리

Critical Acclaim

「요한 시집」의 실질적인 주인공은 동호라고 장용학은 말했다. 사실 누혜의 의식도 많은 부분 동호를 통해서 나타나 있다. 말하자면 누혜는 동호에게 이입되어 있는 것이다. 누혜의 죽음—그것은 자유라는 새로운 벽의 무너짐이며 철조망에서의 탈출이다—은 동호의 새로운 탄생을 의미하며, 그러므로 누혜가 끝나는 장소에서 동호는 시작한다. 「요한 시집」은 작자의 말에 따르면 '동호가 자유의 시체 속에서 부화되어 탄생하는 과정을 그리려고 한 것이다.' 그러나 이 작품에 관한 한 동호는 이중적인 기능을 가진 인물로 보인다. 그것은 내레이터로서의 기능과 메시아적인 존재를 상징하는 새로운 주인공

Chang Yong-hak said that the true protagonist of "The Poetry of John" is the narrator Tong-ho. Indeed, we know many of protagonist Nu-he's thoughts through Tong-ho's words. As such, Nu-he is incorporated into Tong-ho. The death of Nu-he—which represents the collapse of the new wall of freedom and an escape from barbed wire—means the new birth of Tong-ho, who begins where Nu-he ends. According to the author, "The Poetry of John" is a work in which he "tried to depict the process of Tong-ho's birth out of the dead body of freedom." In fact, Tong-ho seems to function in two ways in this story: as a narrator and as symbol-

으로서의 기능이다. 동호에게 있어서의 의식의 현상학을 분석함으로써, 누혜의 자유 다음에 올 동호의 세계는 어떤 것이라고 장용학이 생각하고 있는지 우리는 아마 추측해 볼 수 있을 것이다. 그 세계는 '만물은 스스로가 자기의 원인이고, 스스로가 자기의 자[尺]이다. 태양이 반드시 동쪽에서만 솟아야 할 이유가 여기에는 없다. 늘 새롭고 늘 아침이고 늘 봄이다. 아아, 젊은 대륙……'이라는 표현으로써 누혜에게 감격적으로 예감되고 있다. 그러나 이 표현을 가지고 우리는 동호를 통해서 장용학이 말하려고 하는 세계의 지도를 그릴 수는 없다. 그러니까 동호는 아직 미지인 채로 남아 있는 인물이며, 이런 의미에서 「요한 시집」은 그 타이틀이 암시하듯이 장용학의 작품 세계에 있어서 한 프롤로그에 해당하는 것처럼 보인다.

염무웅, 「실존과 자유」, 『현대한국문학전집』 4권,

신구문화사, 1965

이상이 1930년대의 식민지 치하의 억압을 견딜 수 없는 의식의 병으로 간직하고 있었다면, 장용학은 해방과 이데올로기 전쟁을 그 의식의 상처로 간직한 작가이다.

ic of a new messiah-like character. If we analyze the phenomenology of Tong-ho's consciousness, we might be able to imagine what is Tong-ho's world—the world after Nu-he's freedom. That world is movingly presaged by Nu-he: "Everything is its own cause, everything is its own measure. Here there is no reason why the sun should invariably rise in the east. Everything is always new. It is always morning. It is always spring. Ah—a young continent!" However, this declaration is not a map of the world of Tong-ho, who is still an unknown character. In this sense, "The Poetry of John" is like the prologue of Chang Yong-hak's fictional world, as its title suggests.

Yeom Mu-ung, "Existence and Freedom,"
Hyeondae Hanguk Munhak Jeonjip
[Collected Modern Korean Literature] Vol. 4
(Seoul: Singu Munhwasa, 1965)

If Yi Sang bore his wound from the colonial oppression of the 1930s as an unbearable mental disease, then Chang Yong-hak bore the traces of an ideological war after the liberation, as a psychological trauma. He belonged to that torn generation that received elementary education in Japanese and

그는 일본어로 초급 교육을 받고, 해방 후에는 한국어로 자신의 감정과 사상을 표현하지 않으면 안 되었던 찢긴 세대에 속한다. 유년 시절의 정서에서 완전히 소외될 수밖에 없었던 그 세대 중에서, 그는 또 하나 생존의 뿌리마저 빼앗긴다. 이데올로기 전쟁에 의한 그의 뿌리 뽑힘은 그의 문학을 관념화시킨다. 그의 문학은 언어와 생활 양쪽에서 소외된 자의 문학이다. 그의 문학적 노력은 그 소외 현상을 극복하려는 몸부림이다.

그가 가장 힘들여 비판하고 있는 것은 명목이다. 이름은 논리라는 조작에 의해 인간을 실체와 떼어놓는다. 그는 명목을 인간적이라는 관형사로, 실체를 인간이라는 관념어로 표상한다. 그는 자유, 평등, 평화, 정의 등의 모든 관념적 어휘들을 허구라고 생각하며, 진정한 인간이 되기 위해서는 모든 위장을 벗어버리지 않으면 안 된다고 주장한다. 그의 최초의 출세작 「요한 시집」에서부터 그의 최대의 화제작인 『원형의 전설』에 이르는 그의 문학 활동의 기저에는 인간을 있는 그대로 포착하겠다는 짙은 열기가 숨어 있다.

김윤식, 김현, 「한국문학사」, 민음사, 1973

then had to express their emotions and thoughts in Korean. As he was alienated from his childhood emotions, he was also deprived of that fundamental root of his existence. Because he was uprooted due to the ideological war, his literature became abstract. His literature is that of someone alienated from both language and life. His literary effort was his struggle to overcome this alienation.

What Chang criticizes the most is ideological causes, which alienate human beings from reality by logical manipulation. He wants to replace the cause with the adjective "humane" and the substance with the phrase "human beings." He considers all abstract words, like freedom, equality, peace, and justice, to be fictional, and claims that we have to take all these camouflages away in order to become true human beings. From "The Poetry of John," the first work that brought him recognition, to *The Archetypal Legend*, his greatest success, Chang's literary efforts are driven by his intense zeal to capture human beings as they really are.

Kim Yun-shik, Kim Hyun, *Hanguk Munhaksa*
[History of Korean Literature] (Seoul: Minumsa, 1973)

While embracing miserable postwar reality as his

장용학은 전후의 암울한 현실 상황을 소설적 배경으로 수용하면서 소설이 지켜온 이야기의 틀을 벗어나고자 한다. 그의 「요한 시집」은 서사성의 요건이라고 할 수 있는 행위의 구조를 해체하고 오히려 대담하게 관념의 단편들을 대입하고 있다. 이 작품에서 주목되는 것은 자유를 획득하기 위한 마지막의 시도로 주인공이 자살하게 되는 과정이다. 그는 자유를 모색하고 갈구했기 때문에, 바로 그 자유에 의해 처형당하게 되는 것이다. 이러한 주인공의 운명은 장용학이 지니고 있는 작가 의식을 소설적으로 구현한 것으로서, 개인의 존재와 그 의미가 전쟁의 상황 속에서 사상, 인민, 계급과 같이 추상적이고 공허한 언어에 의해 훼손되어 버리는 과정을 비판적으로 그려내고 있다. 이 작품 속에서 작가가 이데올로기의 허구성을 폭로하기 위해 힘들여 기술하고 있는 공산주의 이데올로기에 대한 비판은 이념의 실체에 접근하기보다는 관념으로 가득 차 있기 때문에, 소설의 세계에서 요구되는 구체성을 확보하지 못하고 있다.

권영민, 「한국현대문학사 2」, 민음사, 2002

fictional setting, Chang Yong-hak also tries to depart from a traditional fictional format. In "The Poetry of John," Chang boldly replaces action-based narrative structure, traditionally a basic narrative element, with thought-based episodes. What is especially noteworthy in this story is the process of its main character's decision to commit suicide, as a last attempt at freedom. He is punished by the freedom, which he was so desperately chasing after. This fate of the main character embodies Chang's critical views on the process in which human existence and its meaning were damaged by abstract and empty words, like ideology, people, and class during the war.

Kwon Yeong-min, *Hanguk Hyeondae Munhaksa*

[History of Modern Korean Literature] Vol 2

(Seoul: Minumsa, 2002)

장용학

　장용학은 1921년 4월 함경북도 부령에서 태어났다. 함경북도의 경성공립중학교를 1940년에 졸업하고 일본으로 건너가 1942년 와세다 대학 상과에 입학하였으나 학업 중인 1944년 학병으로 일본군에 입대하였다. 그가 군에 입대한 것은 본인의 자발적인 의지라기보다는 태평양전쟁을 일으킨 당시 일본 제국주의의 학병 모집 정책에 의한 것으로 보인다. 1940년대 일제 식민지 시대 말기는 전시체제로 많은 한국인들이 강제적으로 제국주의 전쟁에 동원될 수밖에 없었다.

　1945년 2차 세계대전의 종전과 함께 제대한 후 귀향하여 함경북도 청진의 청진여자중학교에서 교편을 잡았다. 1947년 월남하여 1948년 한양공업고등학교 교사로 재직하였다. 이 무렵부터 소설을 집필하였는데 1949년 《연합신문》에 『희화(戲畵)』를 연재하기도 했다. 1950년 단편 「지동설」이 《문학예술》지 5월호에 추천되었고 다시 1952년 단편 「미련소묘」가 같은 잡지 1월호에 추천 완료되면서 등단하였다.

Chang Yong-hak

Chang Yong-hak was born in Buryeong, Ham-gyeongbuk-do in 1921. After graduating from Gyeongseong Public Middle School in 1940, he went to Japan and entered Waseda University in 1942. He "enlisted" as a student-soldier in the Japanese Army in 1944 during World War II. This was likely not a voluntary enlistment, as most enlistment cases were at that time.

After the war, he returned to Korea in 1945 and taught at a regional high school until he went south in 1947. He began teaching at Hanyang Industrial High School in 1948. He serialized "Caricature" in the Yonhap newspaper in 1949. He made his official literary debut after his short story "The Heliocentric Theory" was published in the May 1949 issue of *Munhak Yesul* [Literary Arts] and another short story "A Sketch of Lingering Affection" was published in the January 1951 issue of the same magazine.

After more than a decade-long career as a high-school teacher at Muhak Girls High School as well

1951년 무학여자고등학교 교사를 거쳐 1956년 경기고등학교 교사를 역임하였다. 경기고등학교는 가장 우수한 인재들이 모인다는 한국 최고의 명문학교였다. 1961년에는 고등학교 교사직을 그만두고 덕성여자대학교 교수에 임용되었다. 그러나 1962년 《경향신문》논설위원으로 취임하면서 학교를 그만두고 이후 《동아일보》논설위원을 지내는 등 줄곧 언론인의 길을 걸어갔다. 1974년 박정희 정권하의 유신체제에 반대하여 사회 각계의 대표자 71인이 서명한 민주회복 국민선언에 언론계 대표로 참여하기도 했다. 1999년 8월에 사망하였다.

장용학은 주로 1950년대와 60년대에 소설을 집중적으로 발표하였으며 「요한 시집」(1955)으로 문단의 주목을 받았고, 장편소설 『원형(圓形)의 전설』(1962)로 소설가로서 확고한 위치에 올라섰다. 그는 한국전쟁 이후 전쟁의 비극과 전후의 사회상을 관념적인 언어와 실존주의적 알레고리를 사용하여 표현하였다. 전쟁으로 인한 민족의 여러 참상이나 이데올로기의 본질을 파고들어가는 등 1950년대와 60년대 한국 사회가 당면한 문제들을 자기만의 독특한 세계로 탐색하였다. 즉 그는

as the nation's top boys school, Kyunggi High School, he became a professor at Duksung Women's University in 1961; however, he soon left this post to become a journalist in 1962 and worked at major newspapers, such as Kyunghyang Sinmun and DongA Ilbo, during the remainder of his career. He participated as a representative of journalists in the People's Declaration for Democracy Recovery, in which 71 representatives of various social fields protested the Park Chung-Hee's *yushin* regime, in 1974. He died in 1999.

Chang Yong-hak's creative writing career was concentrated in the 1950s and 1960s. "The Poetry of John (1955)" brought critical recognition and *The Archetypal Legend* (1962) established him as a major novelist of his time. He is known for developing a unique fictional style by depicting war tragedies and postwar society through philosophical language and existentialist allegories. French existentialists heavily influenced him and he combined this influence with modernist techniques, setting off critical debates on his experimental style. He also tried a unique fictional style by mixing Korean and Chinese scripts in his work and advocated for this mixed script style in Korean linguistic life. He established

인간과 사회의 문제들을 직접적인 묘사로 고발하기보다는 난해하면서도 독특한 '관념소설'로 표현함으로써 한국 문단의 문제 작가로 떠올랐다. 이런 그의 창작 경향은 위로는 이상과 최명익, 유항림 등의 계보를 잇고 아래로는 최인훈, 박상륭 등으로 이어지는 한국 관념소설의 줄기를 튼튼하게 형성한 것이라고 평가받는다.

장용학은 인물들의 행동이나 체험에 기반한 서사를 바탕으로 소설을 창작하기보다는 인물의 심리적인 내면과 의식의 흐름에 중점을 둠으로써 사건 중심의 일반적인 소설과는 다른 경향을 보여준다. 특히 그는 프랑스 실존주의에 영향을 받았으며 이런 실존주의 사상을 모더니즘적인 전위적 기법으로 표현함으로써 한국 소설계에서 논쟁을 불러일으키기도 했다. 또한 그는 한글과 한자를 소설 속에 혼용하는 독특한 소설 문체를 시도했으며 한자를 한글과 병행하여 사용해야 한다는 주장을 일관되게 유지하여 국어학자인 이희승, 국문학자인 이가원 등과 함께 한자사용론을 주장한 한국어문교육연구회(1969)를 창립하기도 했다. 주요 작품으로는 「요한 시집」과 『원형의 전설』(1962) 이외에 단편 「현대의 야(野)」(1960), 「유피(遺皮)」(1961), 중편 「비인탄생(非

the Korean Language and Literature Education Research Association in 1969 with renowned Korean language and literature scholars, including Yi Hui-seung and Yi Ga-won.

In the end, Chang became recognized because he created "difficult" and unique "conceptual novels" out of human and social problems rather than examining and condemning them through direct depictions. In this sense, he belongs to the lineage of Korean conceptual novelists, from Yi Sang, Choe Myeongik, and Yu Hang-rim before him to Choi In-hun and Pak Sang-ryung after him. Besides "The Poetry of John" and *The Archetypal Legend*, his major works include "Modern Ya (1960)," "Yupi (1961)," *The Birth of Non-Human* (1955), and *Introduction to Dynastic Change* (1958).

人誕生)」(1955), 「역성서설(易姓序說)」(1958) 등이 있다.

번역 **케빈 오록** Translated by Kevin O'Rourke

아일랜드 태생이며 1964년 가톨릭 사제로 한국에 왔다. 연세대학교에서 한국 문학 박사 학위를 받았으며, 한국의 소설과 시를 영어권에 소개하는 데 중점적인 역할을 해왔다.

Kevin O'Rourke is an Irish Catholic priest (Columban Fathers). He has lived in Korea since 1964, holds a Ph.D. in Korean literature from Yonsei University and has been at the forefront of the movement to introduce Korean literature, poetry and fiction, to the English speaking world.

바이링궐 에디션 한국 대표 소설 108

요한 시집

2015년 1월 9일 초판 1쇄 발행

지은이 장용학 | 옮긴이 케빈 오록 | 펴낸이 김재범
기획위원 정은경, 전성태, 이경재 | 편집 정수인, 이은혜, 김형욱, 윤단비 | 관리 박신영
펴낸곳 (주)아시아 | 출판등록 2006년 1월 27일 제406-2006-000004호
주소 서울특별시 동작구 서달로 161-1(흑석동 100-16)
전화 02.821.5055 | 팩스 02.821.5057 | 홈페이지 www.bookasia.org
ISBN 979-11-5662-067-9 (set) | 979-11-5662-085-3 (04810)
값은 뒤표지에 있습니다.

Bi-lingual Edition Modern Korean Literature 108

The Poetry of John

Written by Chang Yong-hak | **Translated by** Kevin O'Rourke
Published by Asia Publishers | 161-1, Seodal-ro, Dongjak-gu, Seoul, Korea
Homepage Address www.bookasia.org | **Tel**. (822).821.5055 | **Fax**. (822).821.5057
First published in Korea by Asia Publishers 2015
ISBN 979-11-5662-067-9 (set) | 979-11-5662-085-3 (04810)

바이링궐 에디션 한국 대표 소설

한국문학의 가장 중요하고 첨예한 문제의식을 가진 작가들의 대표작을 주제별로 선정!
하버드 한국학 연구원 및 세계 각국의 한국문학 전문 번역진이 참여한 번역 시리즈!
미국 하버드대학교와 컬럼비아대학교 동아시아학과, 캐나다 브리티시컬럼비아대학교 아시아
학과 등 해외 대학에서 교재로 채택!

바이링궐 에디션 한국 대표 소설 set 1

분단 Division

01 병신과 머저리-이청준 The Wounded-Yi Cheong-jun
02 어둠의 혼-김원일 Soul of Darkness-Kim Won-il
03 순이삼촌-현기영 Sun-i Samch'on-Hyun Ki-young
04 엄마의 말뚝 1-박완서 Mother's Stake I-Park Wan-suh
05 유형의 땅-조정래 The Land of the Banished-Jo Jung-rae

산업화 Industrialization

06 무진기행-김승옥 Record of a Journey to Mujin-Kim Seung-ok
07 삼포 가는 길-황석영 The Road to Sampo-Hwang Sok-yong
08 아홉 켤레의 구두로 남은 사내-윤흥길 The Man Who Was Left as Nine Pairs
   of Shoes-Yun Heung-gil
09 돌아온 우리의 친구-신상웅 Our Friend's Homecoming-Shin Sang-ung
10 원미동 시인-양귀자 The Poet of Wŏnmi-dong-Yang Kwi-ja

여성 Women

11 중국인 거리-오정희 Chinatown-Oh Jung-hee
12 풍금이 있던 자리-신경숙 The Place Where the Harmonium Was-Shin
   Kyung-sook
13 하나코는 없다-최윤 The Last of Hanak'o-Ch'oe Yun
14 인간에 대한 예의-공지영 Human Decency-Gong Ji-young
15 빈처-은희경 Poor Man's Wife-Eun Hee-kyung

바이링궐 에디션 한국 대표 소설 set 2

자유 Liberty

16 필론의 돼지-이문열 Pilon's Pig-Yi Mun-yol
17 슬로우 불릿-이대환 Slow Bullet-Lee Dae-hwan
18 직선과 독가스-임철우 Straight Lines and Poison Gas-Lim Chul-woo
19 깃발-홍희담 The Flag-Hong Hee-dam
20 새벽 출정-방현석 Off to Battle at Dawn-Bang Hyeon-seok

바이링궐 에디션 한국 대표 소설 set 3